अपना खून

[उपन्यास]

अपना ख़ून

विक्रम सिंह

प्रलेक प्रकाशन

*in association with JVP Publication Pvt. Ltd.

प्रलेक प्रकाशन एवं जेवीपी पब्लिकेशन का लोगो विश्वप्रसिद्ध महान चित्रकार **मिकी पटेल** ने बनाया है।

पहला संस्करण : 2020

ISBN : 978-81-946526-8-7

प्रकाशक
PRALEK PRAKASHAN PVT. LTD.

वितरक
JVP PUBLICATION PVT. LTD.
602, I-3 , Global City
Virar (west), Mumbai-401303
Cell : 9833402902 / 7021263557
Email : pralek.prakashan@gmail.com
Website : www.pralekprakashan.com

अपना खून : विक्रम सिंह
Apna khoon : *Novel* of Vikram Singh

आवरण : JVP Publication Pvt. Ltd.

पुस्तक सज्जा : JVP Publication Pvt. Ltd.

पहाड़ के उन तमाम ज्ञात-अज्ञात
युवतियों-युवाओं को समर्पित,
जिन्होंने संघर्ष में जिन्दगी गुजार दी।

भूमिका

कहते हैं कि दूर के ढोल सुहावने होते हैं। दूर से पहाड़ बहुत खूबसूरत एवं रमणिक नजर आते हैं। वहां की हरी-भरी वादियां, कल-कल बहती नदी और पहाड़ी रास्तों से उछलते-कूदते झरने। बर्फ से ढके पहाड़ चांदी के चमकते ढेर से लगते हैं दरअसल पहाड़ को बाहरी लोगों ने अब तक पर्यटक की दृष्टि से ही देखा है। सुंदर कॉटेज और वहां के लोगों की खूबसूरती हमें आकर्षित करती है। लेकिन कभी वहां के गांव में रहने वाले लोगों की तकलीफ नहीं देखी। पहाड़ों पर बसे छोटे-छोटे, बिखरे-बिखरे गांवों का जन-जीवन भी पहाड़ से कम दुर्गम और कठोर नहीं है। उनके दुखों की बर्फ कभी पिघलती नहीं है। उन्नत खेती, बेहतर शिक्षा, सुलभ परिवहन, रोजगार के नाम पर उन्हें उन्हीं के रहनुमाओं ने आजादी से लेकर आज तक छला है। उत्तराखंड आंदोलन में जिन लोगों ने अपनी जिंदगी दांव पर लगाकर संघर्ष किया उनके परिजनों की अब तक किसी ने सुध नहीं ली। पहाड़ों से पलायन रोकने के लिए सुनहरे वादे किए गए। पर्यटन व्यवसाय को बढ़ावा देने तथा उसके जरिए रोजगार सृजन के वादे सिर्फ मृगतृष्णा निकले।

'अपना खून' इन्हीं सब सरोकारों की बारीकी से जांच-पड़ताल करता है। युवा कथाकार विक्रम सिंह का यह दूसरा उपन्यास है। कथाकार विक्रम सिंह युवा कथाकारों की नई पीढ़ी में अपने कथ्य तथा अपनी शैली के लिए अलग पहचान रखते हैं। उनके चार कहानी संग्रह और पिछला उपन्यास 'यारबाज़' इसका गवाह है। उनकी कहानियां हिंदी की सभी प्रतिष्ठित पत्र-पत्रिकाओं में प्रकाशित होती रही हैं। फिल्म लेखन और अभिनय में भी उनका उल्लेखनीय काम सामने आया है।

अपना खून

अपना खून मंतव्य पत्रिका में प्रकाशित एक लंबी कहानी का ही अपने औपन्यासिक विस्तार है। जो उत्तराखंड के एक गांव गंगोलीहाट के बहाने वहां के गांव की जिंदगी तथा वहां के निवासियों की जीवटता, संघर्ष, मजबूरियों की दास्तान अपने किस्सागोई अंदाज में परत-दर-परत पाठक के सामने खोलता चलता है। कथा का प्रवाह ऐसा है कि पाठक पात्रों के साथ-साथ बहता रहता है।

कथा पौड़ी एकेश्वर में रहने वाले खड़गराम तथा उत्तराखंड आंदोलन की पृष्ठभूमि से शुरू होती है। खड़गराम उत्तराखंड निर्माण आंदोलन में शहीद हो जाता है। और छोड़ जाता है अपने पीछे अपनी पत्नी, बेटी दीपा, दीपा से छोटे नन्हे-मुन्ने बिलखते बच्चे। ईजा पर दुखों का पहाड़ टूट पड़ता है। कोई रोजगार नहीं। ढंग की खेती नहीं। बच्चों का पालना-पोषण करना उनकी शिक्षा उसके लिए चुनौती होती है। बड़ी बेटी दीपा मां का सहारा बनती है। घर चलाने में मां का साथ देती है। बकरियां चराती है। भाई-बहनों को संभालती है। धीरे-धीरे वह जवान होती है। पास के गांव का इंदर उसे लुभाता है। प्यार को पंख लगने लगते हैं। साथ मरने-जीने के वादे किए जाते हैं। मगर गरीबी सब छीन लेती है। इंदर अपनी बीमार मां का इलाज कराते-कराते थक जाता है। रोजगार करने शहर जाता है और शहर में डूब जाता है। दीपा इंतजार में रोज बकरियां लेकर पहाड़ पर जाती है मगर इंदर नहीं लौटता है।

ठीक इसी के सहारे एक कथा और शहर में रूप सिंह और कलावती की चल रही होती है। शादी के कई सालों बाद भी रूप सिंह बाप नहीं बन पाता। इंडियन ऑयल प्लांट मैं अच्छी-खासी नौकरी है। अच्छा मकान है। पैसा है। मगर बाप ना बन पाने का दुख उसे शराब की ओर धकेल देता है। कलावती और रूप सिंह को बच्चा गोद लेने की सलाह दी जाती है। मगर रूप सिंह को बच्चे के नाम पर 'अपना खून' चाहिए।

ऐसे में उसका दोस्त इकबाल उसे दूसरी शादी करने की सलाह देता है। तमाम अड़चनों के बाद बिचौलिया इकबाल एक बार पौड़ी एकेश्वर जाकर ईजा से दीपा का सौदा रूप सिंह के लिए तय कर आता है। दीपा अपने भाई-बहनों की बेहतर जिंदगी के लिए खुद को, अपने प्यार को, अपने सपने को अधेड़ रूप सिंह के हवाले कर देती है।

सौतन आटे की भी स्वीकार नहीं होती है। कलावती दिन-ब-दिन खीजती रहती है। दीपा बच्ची को जन्म देती है। घर में किलकारियां गूंजने लगती हैं। मगर घर का वारिस तो लड़का ही होता है, लड़कियां नहीं। यही भूल अब भी रूप सिंह को शराब में और डूबा देता है। गृह-क्लेश अलग से लगातार चलता रहता है। और एक दिन बच्चे की उम्मीद लिए रूप सिंह शराब में अपनी जिंदगी खत्म कर इस दुनिया से ही चला जाता है।

रूप सिंह के बाद कलावती और दीपा क्या एक ही छत के नीचे रह पाई होंगी...? क्या इंदर को दीपा का प्यार वापस मिला होगा...? अपना खून क्या सिर्फ लड़के ही होते हैं लड़कियां नहीं...? क्यों इंदर जैसे शहर जाकर पहाड़ नहीं लौटते...? क्यों दीपा जैसी लड़कियों के सपने शहर में बिक जाते हैं...? इकबाल जैसे बिचौलिये पहाड़ों के नैसर्गिक सौंदर्य का सौदा शहर के खाते-पीते लोगों से कर फल-फूल रहे हैं। ऐसे कई सवालों से टकराता 'अपना खून' पहाड़ों के जन-जीवन की अंदरूनी मुश्किलों से हमें रूबरू कराता है।

पहाड़ों से शिक्षा रोजगार की खातिर शहर जा चुकी युवा पीढ़ी सक्षम हो जाने पर वापिस पहाड़ क्यों नहीं लौटते...? उनके बूढ़े-असहाय मां-बाप उनके इंतजार में दम तोड़ते रहते हैं। गांव सुने होने लगते हैं। पहाड़ पर सांय-सांय करती बर्फीली हवा और घरों में मरघटी सन्नाटा पसरा रहता है। 'अपना खून' इसी बहाने हर समाज में लड़कियों की सामाजिक हैसियत की भी पुरजोर तरीके से पड़ताल करता चलता है। राजनीति, लालफीताशाही, ठेकेदार, बिचौलिये और कारपोरेट किस तरह पहाड़ी लोगों और पहाड़ के नैसर्गिक सौंदर्य को विकास के झूठे वादे के साथ मिलकर लूट रहे हैं 'अपना खून' इन सबसे गुजरता है।

'अपना खून' अपने कथ्य शैली और शिल्प के लिए इसलिए भी उल्लेखनीय है कि युवा लेखकों की पीढ़ी अब लेखन की हर चुनौती को नकारती नहीं बल्कि स्वीकारती है। अपनी ही लंबी कहानी को एक उपन्यास में तब्दील करना वाकई चुनौती होती है। युवा कथाकार विक्रम सिंह ने इसे बखूबी अंजाम दिया है। वरना ऐसा करते हुए कथा प्रवाह बाधित होने का खतरा हमेशा रहता है। मगर 'अपना खून' पढ़ते हुए पाठक उसके कथा प्रवाह के साथ अपना तादात्मय बिठा लेता है।

एक रोचक पहाड़-गाथा अपना खून के लिए युवा कथाकार उपन्यासकार

अभिनेता विक्रम सिंह को बहुत-बहुत शुभकामनाएं।

चर्चित और वरिष्ठ कथाकार एवं विशाल भारद्धाज की फिल्म 'पटाखा' और 'कसाई', फिल्म 'दो बहनें' और *बीड़ी पीके झूठ नहीं बोलता* कहानी संग्रह के लेखक।

श्री चरण सिंह पथिक

राजस्थान

दो शब्द

2010 में उत्तराखंड हरिद्वार में आने का सौभाग्य प्राप्त हुआ। उन दिनों कहानियां छिट-पुट पत्रिकाओं में छप रही थी। मुझे खुद को नहीं पता था कि हरिद्वार में आकर मेरे मस्तिष्क में उपन्यास जन्म लेने लगेगा। करीब साल भर तक एक वकील के घर में किराएदार रहा। फिर उनसे पहाड़ का कुछ इतिहास, पहाड़ के जन जीवन की जानकारी मिली। पर मैं उस घर में ज्यादा दिनों तक नहीं रह पाया उसका मुख्य कारण था, वकील साहब शराब के आदि थे। शराब पीने के बाद उनका व्यवहार किसी के प्रति भी अच्छा नहीं रहता था। खैर मैं वहां से निकल रूप सिंह के घर आ गया।

बस इस घर पर आने के बाद से मेरे मस्तिष्क में उपन्यास लिखने का बीजारोपण होने लगा। इस घर में भी मुझे एक कांमन बात मिली। रूप सिंह का शराब पीना। रूप के घर में मित्रो का आना-जाना लगा रहता था। सभी शराब पीने आते थे। और रूप का हर रात चिल्लाना। तब मुझे ऐसा लगता था कि क्या इस शहर में सब शराब पीने वाले लोग है। जब कि हरिद्वार एक धार्मिक नगरी है।

रूप सिंह का शराब पीना और उनके मित्रो का आना-जाना इन सब बातों से मैं कभी विचलित नहीं हुआ। पर कुछ चींखें मुझे विचलित करने लगीं। एक लड़की की चीखने की आवाज और बच्ची की रोने की आवाज। तिस पर रूप सिंह की भद्दी गालियों की बौछार। चीखो, गालियों ने मेरे बीज के लिए खाद और पानी का काम करना शुरू किया।

उपन्यास का बीज मेरे मस्तिष्क में धीरे-धीरे अंकुरित होने लगा।

फिर धीरे-धीरे परत दर परत बातें खुलती गई। रूप सिंह की पहली पत्नी,

दूसरी पत्नी, पहाड़, पहाड़ की गरीबी, पहाड़ की बेटियां, पहाड़ से युवाओं का पलायन, नदी, जंगल, फल-फूल, पशु-पक्षी इत्यादि। हर रात अपनी दूसरी पत्नी दीपा को शराब पीकर पीटना और गालियां देना।

एक तरफ उसका अपनी पत्नी के साथ इतना बुरा व्यवहार दूसरी तरफ कई कमजोर, गरीब मित्रो की मदद के लिए हमेशा उनका हाथ थामना। एक तरफ एक स्त्री का एक पुरुष से फिर प्रताड़ित होना और दूसरी तरफ उसी पुरुष का अपने गरीब मित्रों को उनकी बेटियों के कन्यादान के लिए पैसे देना। सच इंसान के कितने रूप होते हैं। यह कहने में तनिक भी संकोच नहीं करूंगा कि एक ही इंसान में दोनों रूप होते है, शैतान-भगवान। विश्वास नहीं होता था कि एक ही शरीर में शैतान और भगवान दोनों वास कर सकते हैं। रूप सिंह के इसी चरित्र ने मुझे उपन्यास लिखने के लिए मजबूर कर दिया। हां पहले पहल मुझे लगा कि मैं उपन्यास नहीं लिख पाऊंगा। मैंने कुछ लेखकों को इस विषय पर लिखने के लिए निमंत्रण दिया। पर हर किसी ने एक ही जवाब दिया हम लोगों ने तो बहुत कुछ लिखा है आप अपनी जिम्मेदारी निभाइए। उस समय ना मुझे उपन्यास लिखने की विधा का पता था। ना ही मैंने कोई उपन्यास पढ़ा था। बस पत्रिकाएं खरीद पढ़ता था। उसमें भी सिर्फ कहानियां ही पढ़ पाता था। फिर 2013 में मैंने उपन्यास लिखना शुरू किया। पहले मैं इसे आत्मकथा की तौर पर लिख रहा था। जिसमें पात्र खुद अपनी कहानी बयान करता है। पर कुछ पन्ने लिखने के बाद मुझे लगा जिस पात्र के द्वारा में यह कहानी बयान करा रहा हूं वह तो पढ़ी लिखी है नहीं। वह नहीं कह सकती फिर मैंने खुद (अर्थात लेखक) उपन्यास की कथा को कहा। मैंने सोचा था कि मैं कोई लंबा चोड़ा उपन्यास लिखूंगा। पर हो नहीं पाया। 2016 में मैंने मंतव्य पत्रिका में अपने लघु उपन्यास को मेल द्वारा भेज दिया। करीब महीने भर बाद मुझे मंतव्य के संपादक श्री हरे प्रकाश उपाध्याय जी का फोन आया। और मुझे यह कहा कि मैं इस कहानी को पढ़ बहुत प्रभावित हुआ हूं। मैंने इस कहानी को पढ़ विचार किया है कि मैं मंतव्य का लंबी कहानी अंक प्रकाशित करूंगा।

फिर मंतव्य पत्रिका का लंबी कहानी अंक प्रकाशित हुआ। लंबी कहानी अंक प्रकाशित होते ही पाठको, लेखकों, अलोचोकों, का फोन आना शुरू हो

गया। फेसबुक में 'अपना खून' कहानी की चर्चा शुरू कर दी। अखबारों में भी चर्चा शुरू हो गई। दैनिक जागरण ने 'अपना खून' के बारे में लिखा, 'अदभुत कहानी' कहा।

पर कई पाठक चाहते थे जहां यह खत्म हुई उसके आगे भी लिखी जानी चाहिए। मगर जिस कहानी का अंत पता ना हो। कल्पना में गोते लगा कर लिखने पर ना ही कहानी के साथ इंसाफ होता, ना ही पत्रों के साथ।

कहानी पर फिल्म बनाने कि बात भी शुरू हो गई। एग्रीमेंट भी हों गया। बाकायदा मुझे साइनिंग अमाउंट भी मिल गया। निर्देशक, संगीत निर्देशक तक को भी साइन कर लिया गया स्क्रिप्ट भी रेडी हो गई। मगर अंतत: यह फिल्म नहीं बन पाई। फिल्म क्यों नहीं बनी? इस पर मैं विस्तार से कुछ बताना नहीं चाहता और अब गड़े मुर्दे भी उखाड़ना नहीं चाहता।

मगर इस कहानी का अंत अभी बाकी रह गया था और इसका सही अंत लिखने का समय भी आ गया था रूप सिंह बदल रहा था और उसके शरीर से शैतान निकल गया था और सिर्फ एक भगवान रह गया था लेकिन ईश्वर को कुछ और मंजूर था। रूप सिंह जब बहुत जीना चाहता था उस वक्त ही उसका स्वर्गवास हो गया। मुझे एक बार फिर उपन्यास का दूसरा भाग लिखने के लिए मजबूर होना पड़ा और उस उपन्यास का मैंने वहीं अंत किया जिस अंत की इसे जरूरत थी तब मैंने महसूस किया कि अच्छा ही हुआ था कि मैंने उस वक्त कल्पना में डूब कर इसका अंत नहीं किया था नहीं तो सही में उपन्यास और पात्रों के साथ ऐसी नाइंसाफी होती जिसका प्रायश्चित भी मैं नहीं कर पाता। मित्रों जो भी मस्तिष्क में बीजारोपण था। धीरे-धीरे सिचते हुए आज वह पेड़ के रूप में खड़ा है अर्थात मेरा उपन्यास आप लोगों के हाथों में है।

मैंने तो उपन्यास लिख लिया था प्रलेक और जे.बी. पी प्रकाशन ने इसे छापने का बीड़ा उठाया। जितेंद्र पात्रों जी, के बगैर शायद यह पूरी नहीं होती। जितेंद्र पात्रों जी का जो स्नेह और प्यार मुझे मिला उसकी मैं जितनी भी तारीफ करूं कम है उन्होंने बाकायदा मुझे एक लेखक का सम्मान देते हुए इस उपन्यास को प्रकाशित किया।

—विक्रम सिंह

भाग : एक

अप्रैल का महीना था। गर्मी का मौसम अपनी किशोरावस्था वाली उत्पात से लोगों को बेहाल कर रहा था। खेतों में हर तरफ गेहूं की फसल लहलहा रही थी। फसल की कटाई शुरू होने वाली थी। कहीं-कहीं तो शुरू भी हो गयी थी। इसी बीच एक शाम रिमझिम बारिश शुरू हो गयी। मगर रात होते ही बारिश तेज होने लगी। रात के नौ बजते ही तेज आंधी के साथ मूसलाधार बारिश हाने लगी। पूरे जगंल के पेड़ आंधी से एक तरफ झुक गये। बीच बीच में जोर की बिजली कड़क रही थी। उस वक्त पूरे जंगल-पहाड़ में ऐसा लगता कि बीच-बीच में आचानक सूरज उग आया, ऐसी रोशनी। तेज हवा और बारिश से मौसम काफी ठंडा हो गया। वैसे तो पहाड़ों में ज्यादा तर ठंड ही रहती है। शायद तेज बारिश के वजह से गांव के चारों तरफ से पशुओं के चिल्लाने की आवाजें आ रही थी। मेमने जोर जोर से मिमिया रहे थे। शायद वह डर से गये थे। मेमनो ने चारों ओर लेंडी निकाल दी थी। दीपा अपने घर का दरवाजा जल्दी से खेालकर बाहर आयी। बकरी और उसके मेमनो को अंदर घर में लेकर चली गयी। अंदर बकरी और मेमने अपने गीले बदन झटक कर पानी झाड़ने लगे। वे अपने सिर को भी झटक रहे थे। दीपा की ईजा ब्लाउज और पेटीकोट पहनी हुई थी और सिर पर कपड़ा बांध रखा था। एक कोने में अपने सिर पर हाथ रख वह चिंता में डूबी थी कि सारी फसल तो बारिश में गयी। इस निगोड़ी बारिश ने गरीबी में आटा गीला कर दिया। मगर बारिश से भी कहीं ज्यादा उसे अपने पति पर गुस्सा आया। वह उसे कोसने लगी। हर मुश्किल घड़ी में वह यही करती थी। मगर सच तो यह था कि उसे हर दुख सुख की घड़ी में अपने पति की बरबस याद

आ जाती थी। उसे पति के जाने के बाद पता चल रहा था कि मजबूत पिलर की तरह होता है पति। उसके ना रहने से घर के टिकाऊपन का जैसे कोई भरोसा ही नहीं रहता। यह एक मर्दवादी बात हो गयी न। मगर ऐसे ही सोचती थी वह। उसने कहा, "खुद तो क्रातिकारी बन कर भगवान को प्यारे हो गये। मुझे सूली पर लटका कर चले गये।"

दीपा ने कहा, "क्यों ईजा, आप बापू को हर बात पर कोसती रहती हो?"

"चुप कर जा छोरी अभी दूध के दांत टूटे नहीं चली मुझे समझाने।"

दीपा सचमुच चुप कर गयी, मगर ईजा बोलती रही—अपने तो चले गये और मुझे सूली पर चढा गये।

दरअसल दीपा के बापू (पापा) खड़गराम एक मामूली किसान थे। किसानी के साथ-साथ खड़गराम वैद्य का काम भी करते थे। खड़गराम वैद्य का काम शौकिया तौर पर करते थे। उन्हें यह तर्जुबा विरासत में मिला था। दरअसल उनके पिता अर्थात दीपा के दादा जी भी वैद्य काम किया करते थे। वह हमेशा कहते थे कि हमारे जंगल में जड़ी-बूटियों का ऐसा खजाना है, जिससे हम अच्छा कमा सकते हैं। वह निमोनिया, सर्दी, खांसी, पेट दर्द, पेसाब रुक जाना, घमौरियां जैसी बीमारियों का इलाज करते थे। बच्चों, बूढ़ों, युवाओं सबके लिए। खड़गराम को खेती से जब भी छुटकारा मिलता था, अक्सर जंगलों में चले जाते थे। वहां से 'जफड़' निमोनिया के लिए, 'बेहेड़ा' का फल खांसी और कफ के लिए, 'पदमकुमार' पेट दर्द, बुखार के लिए, आदि जड़ी-बूटियां लेकर लौटते थे। वह वैदगीरी के चक्कर में कई-कई दिनों के लिए शहर चले जाते थे। जब लौटते थे तो साथ में साबुन, तेल, इत्यादि घर की जरूरी चीजें ले कर आते थे। उसी समय खड़गराम ने शहर में उतरान्चल को उतरप्रदेश से अलग करने की एक बात लोगों के मुंह से सुनी थी। एक वक्त ऐसा था, जब खड़गराम आर्मी में जाना चाहते थे। तब वह बीस साल का छोकरा हुआ करते थे। मन में बस एक ही ख्वाहिश थी, आर्मी में जाना है। उसके लिए वह जी तोड़ मेहनत करते थे। जंगल में कई-कई मील दौड़ लगाते, पहाड़ो पर चढ़ते-उतरते था, लेकिन फिर भी बेचारे की छटाई हो जाती। दरअसल वे लम्बाई में छंट जाते थे। थोड़े नाटे थे। आजिज आकर वे कहते—"साला मैं अपनी लम्बाई कहां से बडा लूं? जब

मैं दौड़ सकता हूं। कूद-फांद सकता हूं, तो लम्बाई की क्या जरूरत है? फिर वह मैदानी लोगों को खूब खरी-खोटी सुनाते कि हर जगह तो वहीं सब भरे हैं, हम पहाड़ी लोगों का कुछ भी नहीं है।

जिस वक्त खड़गराम की जरूरत उसके परिवार को थी, उस वक्त ही उन सबके सर से खड़गराम का साया उठ गया था। दरअसल बात उन दिनो की है। जब पूरा उत्तरांचल उत्तरप्रदेश ही था। मगर तब उत्तराखण्ड को उत्तरप्रदेश से अलग करने के लिए मांग शुरू हो गयी थी। वैसे सन्, 1970 के मई में किसी दिन जब दिल्ली में गर्मी की उमस थोड़ी ज्यादा ही थी, तत्कालीन प्रधानमंत्री ने स्पष्ट स्वीकार किया था कि "उत्तर प्रदेश के पहाड़ी जिलो के पिछडेपन और गरीबी का दायित्व केन्द्र व राज्य सरकार दोनों का है। इसलिए उत्तरांचल के वासी इसे उत्तरप्रदेश से अलग कर अपना अधिकार चाहते थे। इसके लिए छिटपुट आन्दोलन शुरू हो चुके थे। खड़गराम भी आन्दोलन में शामिल हो गये थे। क्रांतिकारी हर सुबह पहाड़ों के गांवों से लोगों को भविष्य के सपने दिखाकर भेड़ बकरियों की तरह हाक ले आते थे। भीड़ गला फाड़-फाड़ कर चिल्लाती रहती, आज दो...अभी दो...उत्तराखण्ड हमारा है। कुछ लोग यूपी वालो के खिलाफ सबके मन में जहर भरते। पहाड़ी लोगों के बीच जोश उछाल मारता। वे कहते-अब हम मुर्ख नहीं बनेंगे। यह ऋषिकेश, मंसूरी, नैनीताल, पहाड़, जंगल हम लोगों के हैं। इस पर सिर्फ और सिर्फ हमारा हक है। हम इसे पूरे यूपी वासियों के साथ नहीं बांट सकते।

कस्बों के लड़कों के कई समूह और कई टोलियां बनाई गई थीं। खड़गराम को भी अपने गांव के लड़कों को एकत्र करने का काम दे दिया गया था। नेतृत्व का दायित्व मिलते ही खड़गराम और अधिक उमंग और जोश से भर उठे थे। दलालों ने उन्हें समय आने पर गांव का प्रधान बना देने का इशारा भी कर दिया था। खड़गराम को पहली बार लग रहा था कि उसके मन का काम हो रहा है। जल्दी पहाड़ में रहने वाले हर सख्स की जिन्दगी बदलने वाली है। पहाड़ों में भी अच्छे स्कूल, अस्पताल खुलेंगे। मगर छिटपुट आन्दोलन से कुछ भी हासिल नहीं हो रहा था। फिर आन्दोलनकारियों ने विशाल रैली आयोजित कर दिल्ली चलने की योजना बनाई थी। 2 अक्टूबर 1994 को अलग उत्तराखण्ड राज्य की मांग के

समर्थन में दिल्ली आयोजित होने वाली विशाल रैली के लिए पूरे उत्तराखण्ड से लोग बसो में भर कर दिल्ली पहुँच रहे थे। उन्हें मुजफ्फरनगर के रामपुर तिराहे पर पी.एस.सी, व.यू.पी पुलिस द्वारा रोक कर लोगों को गोलियों से भून दिया गया। इतने पर ही यह सब नहीं रुका, भीड़ में शामिल महिलाओं से अभद्रता की गयी। लोगों का सामान लूट लिया गया। बस उस दिन के बाद फिर खड़गराम कभी लौट कर नहीं आये थे। शायद गोलीबारी में खड़गराम शहीद हो गये।

खड़गराम के जाने के बाद ईजा अकेली हो गयी थी। एकाएक ईजा के ऊपर सारा बोझ आ पड़ा था। ईजा ने हिम्मत नहीं हारी। ईजा ने खड़गराम के जाने के बाद बाल-बच्चा, घर-दुआर, खेत-खलिहान, सब सम्भाल लिया था। ईजा के पास पेट पालने के लिये मात्र दस नाली जमीन थी। पहाड़ों में जमीन की नपाई नाली के हिसाब से होती है। पहाड़ के लोगों ने जीविका के लिए पहाड़ के ढलान को काटकर सीढ़ीनुमा खेत बनाकर खेती करते हैं। सीढ़ीनुमा ढलान की पोढियें को नाली कहते हैं। चार सेर बराबर एक नाली होता हैं। अर्थात चार किलो बीज का छिड़काव एक नाली खेत में होता है। सुनने में यह आया था कि यह जमीन ईजा को उसकी मां अर्थात दीपा की नानी मां उसे देकर गयी थीं। दरअसल दीपा की मां ईजा किसी युवा अंग्रेज अधिकारी की संतान थी। यह बात अब कितनी सही है या गलत, कहना मुश्किल है, मगर गांव के कुछ लोगों के मुंह से कुछ ऐसा ही सुनने को मिलता था। लोग बताते है कि दीपा की नानी मां ने युवा अंग्रेज अधिकारी के प्रेम में पड़ गई थी या यह कहना ज्यादा ठीक रहेगा कि वह अंग्रेज अधिकारी इन पर आसक्त हो गया था। जो भी हो, आप कदापि इसे प्रेम नहीं कहेगे, मैं जानता हूं। खैर इसी प्रसंग के एवज में नानी मां को तोफे में दस नाली जमीन मिली थी। दीपा की ईजा ने जब अपने पिता के बारे में पूछा था, तो उसकी मां ने यहीं कहानी सुनाई थी। यूं तो नानी मां कोई पढ़ी लिखी नहीं थी, पर उन्हें अंग्रेजों के बारे में कई कहानियां पता थीं।

उत्तराखड में अंग्रेजों का आगमन अंग्रजों एव गोरखों बीच संधि के बाद हुआ था। गोरखाओं के राज में कुमाऊं और गढ़वाल के लोग खासे परेशान थे। गोरखाली राज शासकीय जुल्मों का बेहद ही काला अध्याय रहा। इस दौर में कढ़ाई दोष व पाथर दान के मूर्खतापूर्ण तरीकों से दण्ड देने के प्राविधान थे।

किसी व्यक्ति के सिर कोई अपराध होता, तो उसका पाथर दान के तहत पत्थरों से वजन लिया जाता और एक माह तक उसे बिना भोजन केवल पानी देकर गुफा में रखा जाता। एक माह बाद उसका पुनः वजन लिया जाता जो निश्चित ही भोजन ना मिलने से पहले से कम होता, और इस आधार पर उसे दोषी मान लिया जाता व कड़ी सजा दी जाती। इसी प्रकार कढाई दोष के तहत शक होने पर व्यक्ति के हाथ खौलते घी में डाले जाते और जलने में उसे दोषी मान लिया जाता। इस कारण हर्ष देव जोशी, जो कि पूर्व में चंद वंशीय राजाओ के अंतिम दीवान थे, अंग्रेजों को यहां लेकर आये थे। अंग्रेजों के इस पर्वतीय भू भाग में आने के कारण यहां की प्राकृतिक सुन्दरता से अभिभूत होना ही था, वही उनके व्यापारिक उदेश्य भी थे। उन दिनो भारत का तिब्बत व नेपाल से बड़ा व्यापारिक लेन देन होता था। नेपाली शासक बमशाह और अंग्रेजों की और से लेफिटनेन्ट कर्नल गार्डनर के मध्य बातचीत हुई और तदनुसार्र 27अप्रैल 1815 को एक संधि पर हस्ताक्षर हुए। संधि के अनुसार गोरखा पर्वतीय क्षेत्र को खाली कर चले गये। गोरखाओं के चले जाने के बाद 3 मई 1815 को पर्वतीय क्षेत्र में अंग्रेजों का अधिकार हो गया। उत्तराखड ईस्ट इण्डिया के अधीन हो गया। अंग्रेज पहाड़ों में बंगले बना कर रहने लगे थे। आज उन बंगलों का उपयोग फारेस्ट विभाग कर रहा है। पहाड़ी लोग जंगल की सम्पत्ति को ब्रिटिश सरकार की संपति मानने लगे थे। उस वक्त पहाड़ के लोग उन्हें अपना भाग्य विधाता समझ उनकी सेवा में लग गये थे। पहाड़ के लोग जंगल के जानवरों बारह सिंगाा, हिरन, खरगोश, सुअर का शिकार करते थे। फिर अपने घरो में उनका मांस पका कर उन्हें अधिकारियों के बंगले में दे आते थे। ब्रिटिश अधिकारी जिस पर फिदा हो जाते थे, उनके नाम कई नाली जमीन कर देते थे।

दीपा की नानी मां के पिता भी ब्रिटिश अधिकारियों की सेवा में लग गये थे, पर अचानक उनकी तबियत खराब हो गई थी। उसी समय दीपा की नानी मां को किसी युवा अंग्रेज अधिकारी की सेवा में लगा दिया गया था। नानी मां (जो तब युवा थी) युवा अंग्रेज की सेवा बहुत समर्पण के साथ कर रही थीं। वह उस अंग्रेज अधिकारी के लिए रोज खाना लेकर जाती और तब तक वहां बैठे रहती थी, जब तक की वह खाकर डकार न ले लेता था। एक बार की बात हैं, नानी

मां जैसे ही घर से निकली, उसी वक्त बारिश पडने लगी थी। यह निगोड़ी बारिश भी, कब पड़ने लगे, कोई भरोसा थोड़े हैं। नानी मां भीगते हुए ही बंगले में खाना देने चली गयी। नानी मां का शरीर पूरी तरह भीग गया था। गीले सीने पर क्रिकेट बांल की तरह उनकी छोटी-छोटी दो गोल-गोल छातियां, जिन पर पानी की बूँदे फिसल रही थी। यह सब देखकर अंग्रेज के मन स्वभावत: ही डोल गया और, उसने नानी मां की हथेली पकड़कर चूम ली। एक अंग्रेज अधिकारी का एक पहाड़न लड़की को चूमना, नानी मां के लिए जैसे बड़ी बात हो गयी। जब नानी मां ने कुछ नहीं कहा, तो उसने अपने होंठ, उसके होंठ में जमा दिए और उसके बाद वही सब हुआ, जो आप सोच रहे हैं। फिर तो रास्ता खुल गया और यह आम बात हो गयी। नानी मां से खुश होकर उसने दस नाली जमीन तोहफे में लिखवा दी। आखिर में इसका परिणाम यह हुआ कि नानी मां पेट से हो गयीं।

कई कारणों से वैसे तो पहाड़ो में भी अंग्रेजों के खिलाफ नाराजगी शुरू हो गई थी। क्योंकि उन लोगों ने पीने के पानी के अतिरिक्त शेष जल, जंगल, जमीन को अपने नियन्त्रण में लें लिया। इस दौरान गांधी जी की अगुवाई में आजादी की लड़ाई लड़ रही कांग्रेस पार्टी लोगों को यह समझाने में पहली बार सफल रही कि अंग्रेजों ने उनके प्राकृतिक संसाधनो पर अपना अधिकार जमा लिया है। लोगों में इस बात की चेतना फैली कि अंग्रेजों ने उनके प्राकृतिक संसाधनों पर अपना अधिकार जमा लिया है। इस विद्रोह की चिंगारी ने यह प्रेरणा पैदा की कि 1920 में 84, 000 हैक्टेयर भू भाग के जंगल जला दिये गये। पहाड़ों में अपनी आजादी के लिए विद्रोह शुरू हो गया। अंग्रेजों को भगाने की नयी नयी तरकीब निकालने लगे। जब कोई अंग्रेज अधिकारी घोड़े में सवार हो पहाड़ो पर चढ़ता दिखता, तो पहाड़ी लोग उस ऊपर से पत्थर फेंक देते, घोड़ा विदक जाता और चढने के बजाय नीचे को दौड़ने लगता। अधिकारी घोड़े से गिर जाता था। पहाड़न लड़कियां अपनी अदाओ से अंग्रेज सैनानियों को बहला-फुसला कर जंगल की तरफ लेकर जाती थीं। फिर उसे षड्यंत्र द्वारा मौत के घाट उतार दिया जाता था। जब अंग्रेजों ने इस तरह का रवईया देखा तो वह सब धीरे-धीरे पहाड़ से पलायन करना शुरू कर दिया था। खैर विषयांतर हो रहा है। चले थे हरि भजन को, ओटन लगे कपास।

खड़गराम ईजा को छोड़कर चले तो गये, पर जाते-जाते अपने उनकी कोख में अंतिम निशानी भी छोड़ गये, जिसकी रक्षा करना ईजा अपना परम कर्तव्य समझती थी। उसे कई बार चिंतित देख गांव की औरते कहती, चलो जाते जाते तुम्हें यही सम्पत्ति देकर गया है। अब इसकी ही रक्षा करो। मगर पेट की खातिर ईजा कोख में बच्चा ले सुबह से शाम तक खेतो में जूझती रहती थी, क्योंकि ईजा के पास खेती के सिवा कोई दूसरा साधन नहीं था। सही मायने में ईजा के जीवन का ढंग ही बदल गया था। दिन-रात भाग्य को कोसती रहती थीं। हंसना तो जैसे भूल गयी थीं। बस हिम्मत बांध कर रखती थी, मगर रोती नहीं थी। शायद ईजा सोचती थीं मेरे रोने से मेरे बच्चों पर क्या बीतेगी?

शाम से हो रही बारिश से ईजा को इस बार की पूरी मेहनत ही पानी में जाती दिख रही थी। गेहूँ की फसल पूरी बरबाद हो गयी होगी। पूरा का पूरा गांव चिंता में डूबा हुआ था। पहाड़ो में फसल मात्र खाने भर ही हो पाती है। जैसे मैदानी इलाको में फसल कटकर आती है, तो उत्सव का माहौल हो जाता है। घर के सामने मैदान में खलिहान लगता है और पूरा का पूरा मैदान बोझों से भर जाता है। दवाई, भड़ाई, पिटाई, ओसाई होने के बाद जब अनाज का ढेर लगता है फिर अनाज खरीदने वाले साहूकारों का गांव आना जाना शुरू हो जाता है। पहाड़ो में ऐसा कुछ नहीं होता था। पहले जब जब आवागमन के साधन बहुत कम थे। पहाड़ो के गांव के लोग जरूरत के घरेलू सामान हेतू काफिला बना कर घोड़े की सवारी कर दस पन्द्रह दिनों का सफर कर पहाड़ी अनाज जैसे चौताई, सोयाबीन, गहत लेकर शहर जाते थे। लौटते वक्त बदले वहां से नमक, तेल, साबुन, कपड़ा, गुड़ लेकर आते थे। पहाड़ में लोगों का कुछ अनाज नमक मंगाने में भी चला जाता था, क्योंकि जानवरों को पहाड़ों में ठण्ड से बचाए रखने के लिये नमक खिलाना पड़ता था।

ईजा ने भोजन तैयार कर लिया था। बच्चों को खिला दिया। खाने के बाद सभी एक दूसरे से लिपट सो गये थे। मेमने पहले ही अपनी मां के पैरो के बीच एक दूसरे पर लद कर सो गये थे।

अगले दिन सभी देर से उठे थे। सिर्फ दीपा का परिवार ही नहीं पूरा गांव देर से

उठा क्योंकि लगातार हो रही बारिश से पूरा गांव दुखी था। रात जैसे पूरा का पूरा गांव देर से ही सोया था। अगले दिन देर से सभी इसलिए भी उठे थे कि सब ने मान लिया था कि बाहर जरूर बारिश ही हो रही होगी। मगर अगले दिन सूरज उग आया था लाल लाल...। वैसे अब भी बाहर सब कुछ गीला था। पेड़ों के चिकने पत्तों से बूंद-बूंद पानी अब भी टपक रहा था। पहाड़ के ऊपर से पानी अपना रास्ता बना कर जहां-तहां जगह जगह नीचे की तरफ बह रहा था।

चलिए मैं आप लोगों का हल्का गांव से परिचय भी करा देता हूं। लगभग पहाड़ों की बीच धंसा हुआ पौड़ एकेश्वर गांव नजदीक से तो कुछ घर दिखाई देते हैं, मगर दूर से देखने में जंगल का हिस्सा दिखाई देता है। गांव चारों तरफ से वन सम्पदा से भरपूर है। गांव के घर पत्थरो के बने हुए हैं। उसके ऊपर लाल मिट्टी की पुताई की हुई है। कुछ घर ऐसे भी दिखाई देंगे, इन्हें घर कहना ठीक ना होगा, बल्कि यह कहें कि फूंस और बांस के बने झोपड़े होते हैं। गांव में करीब इतने ही घर होगे जिसे आप उगुलियों में गिन लेंगे। यहां के लोगों का मुख्य काम खेती, जंगल की सूखी लकड़ी बेचना, और शिकार करना है। इसी गांव में एक छोटा सा घर दीपा का भी था। चूंकि मैंने दीपा का घर इसलिए कहा क्योंकि दीपा ही शायद इस कहानी की हीरोईन है। हां तो दीपा की और दो बहनें हैं—भरदुली और भदुली और एक भई भंवर था जो सबसे छोटा था। खैर दीपा के भाई बहनो का व्यौरा आगे बताऊंगा, वरना फिर विषयांतर हो जाएगा।

गांव के सभी लोग अपने घर से निकल गये थे। कुछ ऊपर आसमान की तरफ ताक रहे थे। शायद वे मौसम का अंदाजा लगा रहे थे कि बारिश अब होगी या नहीं? मैं सच कहता हूं कि इन पहाड़ी लोगों की नजर ही बता दिया करती थी कि मौसम का मिजाज कैसा रहेगा। गांव के लोगों ने इसका अंदाजा पहले ही लगा रखा था कि बारिश होगी। मगर इतनी बारिश होगी यह नहीं सोचा था।

दीपा ने भी आसमान की तरफ एक नजर देखा। आसमान में रंग-बिरंगी नारगी चित्र छाया हुआ था। कुछ पल वह उस चित्र को देखती रही और फिर अपने गाय को सानी पानी देने चली गयी। हां तो बता दूं दीपा का हर दिन का यही काम था। और उसकी गांव की सहेलियों का यही हाल था। पर कभी उसे ऐसा मौका ही नहीं मिलता था कि वह कुछ पल सहेलियों के साथ भी खेल ले।

सहेलियों का भी कुछ हाल ऐसा था।

गाय की मड़ई पूरी तरह से गीली थी और टप टप जहां तहां से पानी टपक रहा था। नीचे की जमीन गोबर पानी से मिलकर बह रहा था। कई तरह के पक्षी झोपड़े की बांस पर बैठ चिचिया रहे थे। बारिश से भीगे हुए थे, डरे हुए थे। ऐसा लग रहा था, आंधी और बारिश से उनके बसेरे उजड़ गये थे। वे अपनी जिंदगी की नयी तरह से शुरूआत करने वाले थे। दीपा जैसे ही झोपड़ी में घुसी कुछ पक्षी जो गाय के सिर और पीठ में बैठे हुए थे, वह फड़फड़ा कर उड़ गये।

घर से बाहर मेमने और मेमने की मां झूली भी निकल आई थी। दीपा ने अपने बकरी का नाम 'झूली' रखा है। उसके तीन मेमने हैं। तीनो का नाम दीपाा ने बतली, सोजी और कानो रखा है। हर एक को अपना नाम पता है। मेमनों को दीपा से बहुत प्यार है। मेमने भी दीपा से बहुत प्यार करते हैं। वह एक दूसरे की भाषा को अच्छी तरह समझते है। मेमने और बकरी जोर जोर से मैं...मैं...की आवाज करने लगे हैं। वे दीपा से दूर नदी की तरफ चलने के लिये कह रहे हैं। दीपा गाय को सानी पानी करते हुए बोली—चिल्ला क्यों रहे हो, आज तुम सब ऐसे भी चर नहीं पाओगे। चारों तरफ तो बस पानी ही पानी है।

दीपा के रोज के काम में यह भी शामिल है कि वह जानवरों को चराने जाती हैं। यही कारण है कि मेमने और बकरी उसकी खास सहेलियों में शुमार हो गयी हैं। इस वजह से वह सब एक दूसरे की भाषा समझते है। बकरी ने चार बार फिर मै...मै...किया। दीपा समझ गई कि बकरी खेत की तरफ चलने को कह रही हैं—"बाबा चलते हैं सबर भी करो।" यह सुन मेमने फुदकने लगे। दीपा ने मां को आवाज लगाई, "ईजा चलो खेत देख आये।"

ईजा ने कहा, "खेत में अपनी बर्बादी ही तो देखने जाना है।"

फिलाल तो ईजा हर बात पर चिड़ जाती है। ऐसा खड़गराम के जाने से हुआ है।

मगर ईजा का तो यह कहने भर की बात थी, अपनी बर्बादी भी इंसान देखे बिना कैसे रह सकता है। ईजा ने कहा, "खेत चलते हैं। गाय दूह लूं, कुछ खा ले। मैं रोटी सेंक कर अभी दूध दूह ले रही हूं।"

अंदर ईजा छोटे से चूल्हे पर लकड़ी जलाकर रोटी सेंक रही थी, पर चूल्हे

में आंच सही ना होने की वजह से रोटी सही सिक नहीं रहीं थी। क्योंकि रात बारिश की वजह से लकड़ियों में सीलन सी आ गयी थी। वह बार-बार बांस की लकड़ी के पाइप से फूंक मार-मार लकड़ी को जलाने की कोशिश कर रही थी, पर जलने की बजाय और धुआं होता जा रहा था। पूरी झोपड़ी के हर छिद्र से धुआं निकल रहा था। जैसे पूरे झोपड़े में आग लगी हो। ईजा जोर-जोर से खांसे जा रही थी। जली-पकी रोटी सेके जा रही थी।

दीपा ने ईजा को आवाज लगाई, "यह इतना धुआं क्यों कर दिया है ईजा?"

"आज तो रोटी सेकने की बजाये मैं ही सिक जाऊंगी। बहन भाई आ गये क्या?"

सात साल का छोटा भाई भंवर हगवास कर अपनी चड्ढी हाथ में लिये आ रहा था। दौड़ते समय उसकी नूनी दायें-बायें हिल रही थी। नौ साल की शरदुली और ग्यारह साल की भदुली भी दोनों बहनें भी पीछे पीछे दौड़े आ रही थीं। भंवर आते ही नीचे बैठ गया चूतड़ धुलवाने के लिए। दीपा ने एक छोटे पानी के टब से पानी ले उसका चूतड़ धुल दिया। दीपा के प्रतिदिन के काम में यह भी शामिल है।

झोपड़े से हल्का हल्का धुआं अब भी निकल रहा था। ईजा ने प्याज की चटनी पीस दी और एक थाल में रोटी-चटनी परोस कर झोपड़े से बाहर आ गयी।

"चल कर तुम सब खाना खा लो।"

ईजा बरतन ले गाय का दूध दूहने लगी। बर्तन में दूध की धार की सर्र—सर्र की आवाज आने लगी। अंदर सारे बच्चे कुत्ते के पिल्ले की तरह एक ही थाली में टूट पड़े—एक-एक रोटी हाथो में उठा। रोटी के कोर को चटनी के साथ खाने लगे।

खाने के बाद सब खेत में पहुंच गये। खेत में पहुंचते ही भंवर और दोनों बहने पानी के बीच कूदने लगीं। मेमने भी पास ही फुदकने लगे। पूरा गांव खेत के जमा पानी को निकाल रहा था। दीपा भी अपने खेत में जमा पानी को निकालने के लिए एक किनारे की मेड़ को हाथो से खुरच-खुरच कर तोड़ने लगी। खेत में जमा पानी नीचे की तरफ बहने लगा। दीपा ने एक-एक कर सीढी दर सीढी सारे खेत के नाली को तोड़ दिया, ताकी पानी बह जाये। दीपा को काफी कम

उम्र में खेती का तर्जुबा हासिल हो गया था। यूं समझिए गरीबी व मजबूरियों ने उसे सारे कामो में तर्जुबा हासिल करा दिया था।

धूप खूब तेज निकल आयी थी। खेत की फसल फिर सूख जायेगी। कुछ फसल तो बच ही जायेगी। लोगों के लिये कम से कम कुछ खाने भर हो ही जाएगा।

वन सम्पदा से भरपूर होने के बावजूद गांव में अभी कई घर अत्यन्त गरीब, पिछड़े हैं। कुछ घरो को छोड़ कर गांव में बाकी की हालत एक जैसी ही थी। जिनके हालात अच्छे थे, उनके इसलिये कि उनकी मैदानी इलाको में सरकारी नौकरी थी। अधिकतर उन लोगों की नौकरी हुई थी, जिनके पुरखे बहुत पहले पहाड़ से पलायान कर गये थे। मगर उनमें से कोई कभी गांव नहीं आता था। इसकी सबसे बड़ी वजह थी यातायात का अभाव था। पहाड़ में गांव आने के लिए उन्हें कई मीलों तक पैदल जाना पड़ता था। वे शहर में गाड़ी-घोड़ों के इतने आदि हो चुके थे कि अब लंबी दूरी तक पैदल चलना उनके लिए मुनासिब नहीं था। उनके लिए ऐसी जिंदगी नरक के बराबर थी। वहीं, उनके बच्चे जिस तरह से पढ लिख गये थे, उन्हें अपने आपको पहाड़ी कहलाना ही एक गाली जैसा लगता था। इसलिए उनके घरों में उनके नजदीकी लोगों ने रहना शुरू कर दिया था। गांव के गरीब जिनके पास एक नाली भी जमीन नहीं थी, वह इनके खेतों में काम कर अपना गुजारा करते थे। हां पहाड़ो में सागौन, शीशम, छवा, तेंद, बांस, आचार, सीताफल, किलमोड़, बांज आदि के वृक्षों से भरे पड़े है। खेती के साथ गांव के गरीब जंगल की लकड़ी, फल, जड़ी, बूटियां आदि बेचकर अपना का गुजारा करते हैं।

ईजा के अनुमान से उसे अभी आठवां महीना चल रहा था। वह अपने हिसाब से महीनों का हिसाब रखती थी। खड़गराम की आखिरी निशानी धरती पर आने ही वाला था। इस वक्त ईजा का मन काफी खुश सा रहने लगा था। खेतो में फसल की कटाई शुरू हो गयी थी। ईजा लम्बे समय तक बैठ कर फसल नहीं काट पा रही थी। दीपा फसल काट-काट कर फसल रखती जा रही थी। बहने

और भाई नन्हे-नन्हे हाथो से फसल के बोझे बना कर रखते जा रहे थे। वैसे तो छोटा भाई भवर भी अक्सर काम में हाथ बटा देता था, मगर वह अपने मूड से करता था। अगर दोस्त-यार खेलने को मिल जाते, तो वह कुछ नहीं करता था।

ईजा के घुटने दुखने लगे और वह नीचे आ एक पेड़ की छांव में बैठ गयी। यूं तो मात्र दो नाली खेत काफी कम है और कटाई में बहुत ज्यादा वक्त नहीं लगने वाला था। पर ईजा को चिंता हो रही थी कि बाकी सारे काम कैसे होंगे।

यूं तो खड़गराम के भाई भी थे। मगर वह कभी ईजा का हाल-चाल लेने नहीं आते थे। वैसे वह सब कब का पहाड़ छोडकर दिल्ली कमाने चले गये थे। कभी छठे-छमाहे घर वापस चले जाते थे। वे वहां मजदूरी का काम कर रहे थे।

करीब तीन दिन तक दीपा ने अकेले ही कटाई की थी। दीपा ने अगले दिन से ईजा को खेत आने के लिए मना कर दिया था। धीरे-धीरे दीपा सारा काम खुद ही करते जा रही थी क्योंकि वह घर में सबसे बड़ी थी। और बड़ी होने के नाते उसमें थोड़ी बहुत समझदारी आ गयी थी। यूं वह मात्र चौदह साल की ही थी। छोटा उसका भाई 'भंवर' भी काम-काज में थोड़ा बहुत हाथ बटा रहा था, पर वह पढ़ने के लिए स्कूल जाता था। वैसे तो पढ़ाई की कोई खास सुविधा नहीं थी। बस यह स्कूल एक बार किसी एम.एल.ए ने खोल दिया था—मात्र पांचवीं कक्षा तक। मगर सबसे मुश्किल बात यह थी कि मास्टर यहां आकर फिर ट्रान्सफर करा मैदानी इलाको भाग जाते थे। बस यहां वह ही आता था जिसकी नयी-नयी नौकरी होती थी। वह आते ही पढाने से ज्यादा अपने ट्रान्सफर के चक्कर में पड़ जाता था। अब अगर कोई गांव का लड़का पढ़ने की सोचता, तो नाम के लिए पांचवीं तक तो पढ़ लेता था मगर आगे पढ़ने का कोई रास्ता नहीं था।

दीपा ने कटाई के बाद किसी तरह अपनी बहनों और भाईयों के साथ मिलकर फसल को ढोकर घर के पास रखा। ईजा घर के बाहर छांव में बैठ कर बड़े डंडे से पीट-पीट कर धोरी करती जा रही थी। करीब पंद्रह दिनों में सारा काम निपट गया था। नयी फसल लगाने के लिये गांव के लोग जुट गये थे। ईजा के पास कोई बैल नहीं था। सो, गांव में किसी और से बैल मांग कर जुताई करनी पड़ती थी। इसके लिये ईजा गेहूं का भूसा बैल वाले को देती थी।

इस बार ईजा ने मड़वा और झुगर के फसल लगा दिये थे। इस फसल

को सिचाई की जरूरत नहीं पड़ती। बारिश जब भी होगी, अपने आप ही फसल हो जाएगी। पहाड़ो में ऐसी ही फसल लगाई जाती है, जिसे सिचाई की कोई ज्यादा जरूर ना पड़े।

काम-काज के प्रेशर की वजह से उस दिन करीब सुबह अचानक ही ईजा को दर्द उठा था। तत्काल ही गांव की कुछ औरते आ गयीं थीं। उस दिन सभी बच्चों को घर से बाहर निकाल दिया गया था। घर के बाहर सभी बच्चे खेलने में मस्त हो गये। बस दीपा घर में बैठ अपने मां की दर्द की आवाजे सुन रही थीं। अंदर औरते उसे जोर लगाने के लिए कह रही थीं। खूब हो-हल्ले के बीच ईजा ने खिलौने जैसा छोटा बाबू अर्थात खडग़राम की आखिरी निशानी को जन्म दे दिया था।

ईजा बाबू को जन्म देने के बाद उसकी देखभाल में मस्त रहने लगी थी। वैसे तो खड़गराम के जाने के बाद ईजा ने मुस्कुराना ही छोड़ दिया था, पर बाबू के आते ही वह पुरानी बातें भूल मुस्कुराने लगी थी। ईजा की अब पांच संतानें हो गयी थीं। मगर अब भी ईजा का शरीर तन्दुरूस्त, सुन्दर था। यूं तो ईजा की शादी मात्र पन्द्रह साल में ही हो गयी थी। सोलहवें साल में ईजा ने दीपा को जन्म दे दिया था। दीपा भी अब पन्द्रह साल की होने चली थी। उसके शरीर का रूप भी बदलने लगा था। छाती का हल्का हल्का उभार दिखने लगा था। एक दिन उसे पहली बार पेट में दर्द उठा था। उस दिन उसका पहला पीरीयड हुआ था। उसने परेशान हो ईजा को यह बात बतायी थी। फिर उसे कुछ फटे कपड़े दे दिये थे।

बाबू के जन्म के बाद ईजा ने बाहर के काम काज एक तरह से बंद कर दिये। दीपा ही सारा काम करने लगी थी। फसल बुवाई के बाद पूरा गांव खाली सुस्ताने लगा था। दीपा खाली हो गयी थी। मगर खाली होने के बाद भी घर खर्च के लिये कुछ ना कुछ करना ही था। सो वह कभी-कभी लकड़ियां भी काटने चली जाती थी। फिर लकड़ियों की गठोह (गठरी) बना कर पास के मार्केट में बेच आती थी। यह मार्केट पहाड़ के ही एक तरफ लगता था।

दीपा गांव में कईयों की बकरियां और गाय को चराने लेकर जाती थी। इससे अनाज और पैसे भी मिल जाते थे। पहाड़ो में हिसालू, रम्बास जैसे झाड़ियों से आच्छादित वन बहुत संघन है। जहां बकरियां व गायें चरती रहती थीं। संघन

वृक्षों के कारण धूप जमीन का बहुत मामूली हिस्सा ही छू पाती है। दीपा इसी छांव में बैठ अपना समय बिताती रहती थी।

पशु चरने के बाद पास छोटी सी नदी में पानी पीने जाते थे। छोटे-बड़े पत्थरो के ऊपर से पानी बहता था। यूं तो यह नदी साल भर बहती थी, पर बरसात में पानी तेज हो जाता था। कहीं-कहीं नदी का पानी कुछ जमीन व पत्थरों से घिरकर जमा रहता था, जहां मछलियां ठहरी रहती थीं। एक दिन जब पशु नदी में पानी पीने गये, तो दीपा ने एक लड़के को देखा वह नदी किनारे बैठ ठहरे पानी में बन्सी डाल मछली पकड रहा था। एक साथ जैसे ही पशु नदी किनारे आये, वह लड़का खिझ गया था। उसने दीपा की तरफ चेहरा कर कहा, "तुमने मेरी सारी मछलियां भगा दी। दीपा ने लड़के को गौर से देखा गटीला देह, सिर पर घने काले वाल, तिखी नाक। कहा, "कोई नहीं बहुत मछलियां फिर आ जाएंगी।" दीपा झाड़ियों के अंदर गयी और कुछ खिन के कुछ पौधे तोड़कर ले आयी। पत्थर से कुचल कर उसे नदी में फेंक दिया। खिन के पौधे को खाने के बाद मछलियां मदहोश हो गयी थी। फिर वह छोटी त्रिभुजाकार जाली से उसे पकड़ने लगी। कुछ ही पलों में ढेंर सारी मछलियां जाली में फ़डफड़ाने लगीं। लड़का यह देख चौक गया—"अरे वाह बहुत सारी मछलियां तूने छट से पकड़ ली।" लड़के का गुस्सा एक मिनट में छू-मंतर हो गया। लड़के ने कुछ मछलियां अपने पास रखीं, कुछ दीपा को दे दिया। समय ज्यादा हो रहा था। दीपा ने कहा—"अच्छा में अब चलती हूं।" लडके ने कहा—"हां अब मैं भी चलता हूँ।" दोनों एक साथ चलने लगे। आगे पशुओ का झुंड चलने लगा। लडके ने दीपा से पूछा—"तुम्हारा नाम क्या है?"

"दीपा..., और तुम्हारा..."

"बड़ा ही आसान सा नाम है इन्दर, इन्दर सिंह।"

"तुम क्या हर दिन मछलियां पकड़ने आते हो?"

"नहीं, कभी मन किया, तो आ जाता हूं।"

बाते करते-करते वह एक जगह आकर रुक गये। लडके ने दूसरा रास्ता पकड़ लिया। दीपा ने दूसरा। इन्दर ने कहा, "मैं तो इधर जाऊंगा। यह कह वह चला गया और दीपा भी चल दी। इस तरह दीपा की इंदर से पहली मुलाकात

हुई थी। उसे वह बहुत पसंद आया था। जब किसी से पहली बार मिलने के बाद उसकी याद बार-बार आये, उसके पास न होते ही उसकी कमी खले, तो फिर समझिये कि आपका उससे बहुत गहरा लगाव हो गया है। आगे जाकर यह किस रूप में बढ़ेगा, यह तो वक्त ही बताता है। दीपा को भी उस दिन ऐसा ही महसूस हुआ था। जब घर वह आयी, तो मां ने पूछा, "आज मछली कैसे पकड़ लायी?"

"वह कुछ गांव के लोग नदी में मछली पकड़ रहे थे। मुझे भी थोड़ी सी दे दी।"

उस रात भाई बहनो को ईजा ने मछली भून-भून कर खिलाया था। वह सब खूब चटकारे लेकर खा रहे थे। दोनों छोटी बहनो ने दीपा से कहा, दीदी तुम हर दिन मछली ले कर आना..."

ईजा ने कहा, दीपा को और कोई काम नहीं, जो हर दिन मछली पकड़ने जाएगी।"

अगले दिन दीपा घर का सारा काम-काज कर मेमनों और बकरियों के साथ खेतो की तरफ चल दी थी। उस दिन भी वह नदी में पशुओं को पानी पिलाने गयी थी। मगर उसे इन्दर नहीं मिला था। इसी तरह वह करीब सप्ताह भर गयी, मगर इन्दर उसे कहीं नहीं दिखा था। वह समझ नहीं पायी थी कि वह मछलियों के लिए या सिर्फ पशुओं को पानी पिलाने के लिए? उसका मन यह सोच कर घबराया था। क्या इंदर कोई स्वप्न था?

इंदर सिंह अपनी मां के साथ छोटी-सी झोपड़ी में रहता था। पिता का साया उनके सर से उतर गया था। इंदर सिंह के पिता केवट सिंह मामूली से लकड़हारे थे। वह जंगल से लकडियां काट शहर को बेचने जाते थे।

दरअसल बात ऐसी थी कि उन दिनो जब पहाड़ो में अंग्रेज रहा करते थे, देश में ब्रिटिश राज था, तो अंग्रेज अपनी मेम के साथ सैर में निकला करते थे। एक बार ऐसे ही कोई अंग्रेज साहब सैर पर निकले थे अपनी मैम के साथ, तो अचानक बग्घी के घोड़े ने अपने दोनों पैर उठा लिए...बग्घी हांक रहा सैनिक भय से चिल्लाने लगा...। इस तरह की आवाज सुन अंग्रेज जो अपनी मेम को अपनी बांहो में लेकर किस कर रहा था। उसने मैम को झट छोड़ अपनी बग्घी की खिड़की से सिर निकाल सैनिक से पूछा, "वाट हैपन्ड।"

"सर दो बडे कोबरा एक साथ रास्ते में हैं।"

अंग्रेज ने कहा, "वाट नान सेन्स, किल देम इमिडेटली।"

दरअसल वह नाग नागिन का जोड़ा था। शायद अपनी केंचुल उतारने के लिए वह बाहर आये थे। सैनिक ने अपनी लम्बी बंदूक निकाल कर नाग पर निशाना सादा पर पहली गोली का निशाना चूक गया। नाग—नागिन वहां से भागने लगे। मगर तत्काल ही दूसरी गोली चली, जो नाग को लग गयी। वह वहीं मर गया। उसके बाद नाग ने जैसे नागिन को वहां से भाग जाने के लिए कहा था। वह भाग गयी थी।

कहते हैं, उस दिन के बाद से कई सैनिको की मृत्यु उस रास्ते में हुई थी। सभी सैनिको की मौत सांप के डसने से हुई थी। सबका कहना था, यह वही नागिन है जिसके सामने नाग को मार दिया गया था। शायद नाग ने मरते वक्त नागिन से यह कहा था कि तुम मेरी मौत का बदला जरूर लेना। फिर उस नागिन की बहुत खोज बीन हुई, मगर वह कहीं नहीं मिली थी। अंग्रेजों ने वह रास्ता हमेशा के लिए बंद कर दिया था।

एक बार केवट सिंह लकड़ियां काटने जंगल की तरफ जा रहे थे, तो वह उसी रास्ते की तरफ निकल पडे थे। खैर यह वह वक्त था, जब इस बात को बीते कई वर्ष बीत गये थे। बात बहुत पुरानी हो गयी थी। हां तो वह उस रास्ते को लांघ कर आगे जंगल को चले गये थे। एक जगह जब वह लकडी काट रहे थे, तभी कोई चमकती चीज दिखी, जो हीरे की तरह थी। पर केवट सिंह यह समझ नहीं सके की यह है क्या? उन्होंने उसे अपनी धोती में बांध लिया था। दोबारा लकड़ी काटने में मस्त हो गये थे।

उस दिन केवट सिंह ने घर आ कर अपनी पत्नी अर्थात इंदर की मां को कुछ नहीं कहा। उस चीज को अपने सन्दूक में रख दिया था। रात को सभी खाना खा कर सो गये। आधी रात जब कवट सिंह को पैशाब लगी और वह उठे, तो देखा पूरे घर में चमकीली रोशनी फैली हुई है। वह घर से बाहर मूतने के लिए निकले जब अपने घर की तरफ तांका, तो देखा की वह चमकीली रोशनी ऊपर कई दूर तक फैली है। आसमान को छू रही है। यह देख उसका पैशाब ऊपर चढ़ गया और वह भागते हुए दोबारा अंदर आये, अपनी पत्नी को उठा कर घर

से बाहर ले जा कर अपना घर बाहर से दिखाया। पत्नी यह देख अचंभे में पड़ गयी। आखिर यह कैसे हुआ? पहले तो वह समझी, किसी ने जादू-टोना कर दिया है और चिल्लाने के लिए मुंह फाड़ा, परकेवट सिंह ने डपटकर उसे चुप कराया और जंगल की सारी बात बता दी।

अंदर लाकर उन्होंने संदूक से वह चीज निकाल कर दिखा दी थी। संदूक से निकालते ही वह और रोशनी देने लगा था। पत्नी उसे देखते ही बोली, यह नाग मणी है। यह तो बहुत कीमती चीज है।

वह रात किसी तरह बीती थी। मगर कुछ गांव के लोगों ने देखा था, मगर केवट सिंह ने सबको उल्लू बना दिया था कि आप सब ने जरूर कोई स्वप्न देखा होगा। केवट सिंह और उसकी पत्नी यह जान तो गये मणी बहुत कीमती है, मगर इसकी कीमत मिलेगी कहां, वह समझ नहीं पा रहें थे। अज्ञात भय से दूसरी रात वे उसे घर में नहीं रखना चाहते थे। ना जाने केवट सिंह के मन में क्या बात आयी कि जहां से इसे लाया था, वही रख आने का निर्णय उसने लिया। वह पाप—पुण्य की बात सोचने लगा था। उस दिन वह वापस उस मणी को रखने चला गया था, पर उस दिन वह वापस नहीं लौट सका। पत्नी को बड़ी चिंता हुई, उससे रहा नहीं गया, उसने गांव वालों को बताया। गांव वाले उसे ढूंढने निकले। उसकी लाश वापस आयी थी। कहते हैं, उसे सांप ने डंस लिया था। हो सकता है, आपको यह सब अविश्वसनीय लगे। पर कहानी ऐसी ही है, तो मैं क्या कर सकता हूं? मुझे जो पता है, वह आपको मैं बता रहा हूं।

यह बात इंदर की मां ने उसे बताई थी। और इंदर ने मुझे।

कभी-कभी इंदर पापा को बेवकूफ समझता था क्योंकि वे हाथ में आई लक्ष्मी को वापस रखने चले गये थे। इस कारण आज भी इंदर को लकड़हारा बन, शहर में लकड़ी बेच कर गुजारा करना पड रहा है। दसवीं के बाद उसने स्कूल की पढ़ाई छोड़ दी थी। दसवीं भी उसने बहुत मुश्किल से की थी। पहाड़ में किसी तरह पांच जमात पढ़ उसने मैदानी इलाके के किसी सरकारी स्कूल में नाम लिखा लिया था। दरअसल पहाड़ के स्कूल के मास्टर ने ही उसे आगे की पढाई के लिए शहर में नाम लिखा दिया था, मगर वह क्लास करने नहीं जाता था। परीक्षा के वक्त परीक्षा दे आया था। खैर यह वह दिन थे, जब दसवीं तक

पढ़ाई ही बहुत मान लेते थे। उसकी इच्छा फौज में जाने की थी। वह हर रोज सुबह उठ कर पहाड़ के जंगलो में दूर तक दौड़ कर आता था। हर दिन कड़ी वर्जिश किया करता था। मगर कई बहालियों से वापस आ चुका था। मगर उसने हार नहीं मानी थी। उसके साथ के कई साथी लुधियाना, काशीपुर कमाने चले गये थे। इंदर को भी अपने साथ चलने को कह रहे थे। मगर इंदर ने फौज में जाने की ठान रखी थी। दरअसल इदंर के भीतर फौज में जाने का जुनून एक फौजी कैम्प के फौजियों को देख पैदा हुआ था। पहाड़ के पास खूब दूर तक मैदानी इलाका था जहां आर्मी कैम्प लगा हुआ था। वहा फौजी गन्ने की खेती भी करते थे। फौजियों के हाथो में उसने स्टेनगन और कई तरह के हथियार देखे थे। उसे वह हथियार अच्छे लगे थे। तब वह बच्चा ही था। वह एक फौजी के पास गया और उससे पूछा, "आप ने जो यह अपने कंधो में टांग रखा है, कहां मिलेगा?

फौजी पहले तो हंसा फिर बोला—"बेटा इसके लिए तुझे फौज में भर्ती होना पड़ेगा।"

"तो ठीक है मुझे फौज में भर्ती ले लीजिए।"

फौजी फिर हंसा और कहा, "इसके लिए अभी तुम्हें बड़ा होना पड़ेगा। पढ़ाई करनी पड़ेगी। शरीर मजबूत करना पडेगा। मीट-मांस खाना पडेगा। हर दिन सुबह उठ कर दौड़ लगानी पड़ेगी।"

बस उस दिन से वह फौज में जाने की तैयारी करने लगा था। इंदर को मछली और मांस खाना खूब पसंद था। जब मन करता था, वह या तो नदी चला जाता था या फिर जंगल शिकार करने चला जाता था। इधर वह सप्ताह भर से नहीं जा पाया था। आज उसका इरादा था कि वह मछली पकड़ने जाएगा। उसने अपनी बंसी छोटी जाल ली और नदी की तरफ निकल गया। काफी देर तक बंसी डाले रहने के बाद भी एक भी मछली हाथ नहीं आयी। उल्टा धूप में बैठे उसका देह तपने लगा। सिर पर से टोपी उसने उतार दी।

उसे याद आया की उस दिन उस लड़की ने कुछ तो जडी पानी में फेकी थी, जिसके वजह से मछलियां पानी के ऊपर आ गयी थी। इतना उसने अभी सोचा ही था कि पशुओं का एक झुंड नदी के किनारे आ पानी पीने लगा। उसने

पीछे मुड़ कर देखा, तो दीपा खड़ी थी—"अरे वाह अभी-अभी मैं तुम्हारे बारे में सोच रहा था।"

"धन भाग्य मेरे जो आप मेरे बारे में सोच रहे थे...मेरे बारे में सोचते तो क्या इतने दिनों बाद नदी किनारे आते?"

"तुम्हारा मतलब यह कि मैं झूठ बोल रहा हूं।"

"तुम अभी भी मेरी बात नहीं समझ सके लगता है।"

इन्दर ने हंसते हुए कहा , "हां तुम्हारा मतलब यह कि मुझे हर दिन नदी के किनारे आकर मछली पकड़नी चाहिये।"

दीपा थोड़ा सरमा गई।

"अब जो तुमने मेरी मछलियां भगा दी है, उन्हें कौन पकड़ेगा।"

"उस दिन तो मैंने तुम्हें बताया था कि कैसे मछली पक्रडनी है।"

"बाबा तुम तो झाडियो के पीछे गई थी क्या लाई थी मुझे क्या पता?"

दीपा उसे अपने साथ झाड़ियों के अंदर लेकर गयी और खिन के पौधो के बारे में बताया। झाड़ियों से निकलने के बाद फिर दोनों ने खिन को पीस कर पानी में फेंक दिया। खूब मछलियां पकड़ी थी। ढेर सारी गप भी हुई थी।

इसी तरह अब अक्सर नदी किनारे मुलाकात होने लगी।

एक दिन इंदर तीर धनुष लिये नदी किनारे आकर बैठ कर दीपा का इंतजार कर रहा था। दीपा के आते ही उसने दीपा से कहा, "आज मैं जंगल शिकार पर जा रहा हूं।"

दीपा ने कहा, "क्या मैं भी चंलू तुम्हारे साथ?"

"यह लड़कियों का काम नहीं है।"

"अपने घर के सारे काम मैं ही करती हूं।"

"मगर उस काम में और इस काम में बहुत फर्क है।"

"चलो फिर आज चलते हैं।"

इंदर मन ही मन काफी खुश हो गया। वह यही चाहता था कि दीपा उसके साथ जंगल चले। मगर दीपा के लिये एक समस्या आ गयी, उसके साथ गांव के पशु भी थे। वह बोली, "मगर आज तो मैं जा नहीं पाऊंगी। हम कल चलते हैं।

इंदर ने इस बात को मान लिया और अगले दिन उसे यही मिलने को कहा।

वहां से वह चल दिये। रास्ते चलते इंदर ने पूछा, तुम्हें तीर—धनुष चलाने आते हैं।

"खेत में कुदाल-खुरपी सब मैं ही तो चलाती हूं।"

"फिर तो तुम तीर-धनुष भी चलाना सीख जाओगी।"

अगले दिन दीपा घर में "खेत देखने जा रही हूं" कह जंगल में मन्डरा रही थी। वे दोनों जंगल के बीच पहुंच गये थे। दोनों के पैर के नीचे सूखे पत्तो की चरमराहट की आवाज आ रही थी। हर बार वह दीपा को हाथ से इशारा कर आवाज करने से मना कर रहा था। वह चाह कर भी अपने नीचे पिसते पत्तो की आवाज को रोक नहीं पा रही थी। वह सोच नहीं पा रही थी कि आखिर इंदर इतने धीर-धीरे चलने के लिये क्यों कह रहा है? अचानक से इंदर ने एक तेज चाकू निकाल कर पत्तो के बिच बैठा खरगोश पर वार कर दिया, मगर निशाना सही जगह होने के बाद भी खरगोश लापता था। खन्जर ठीक उसी जगह जाकर गड़ गया था। खरगोश वहां से हट कर आगे खड़ा होकर खन्जर को एक झलक देखने के बाद आगे चला गया था। खरगोश के इस तरह के रवेये से दीपा को हंसी आ गयी थी। इंदर ने फिर से उसका हाथ पकड़ चुप होने का इशारा कर दिया। अब इंदर की नजर एक सेई पर पड़ती है। सेई की नजर शिकारी पर। वह जल्दी से भागता हुआ अपने गुफा में घुस गया। दीपा यह देख रोमांचित हो बोल उठी—"वाह! वह तो गुफा के अंदर चला गया।

"कोई नहीं, देखो मैं अभी क्या करता हूं।"

इंदर चीड़ के कुछ सूखे पत्ते इकटठा करने लगा। यह देख दीपा भी उसके साथ-साथ चीड़ के पत्ते इकटठा करने लगी

सेई जिस गुफा में रहता है, उसके दो मुंह होते है। इंदर ने गुफा के एक तरफ चीड़ के पत्तो से भर दिया। वह गुफा के दूसरी तरफ के मुंह ढूंढने लगा। उसने कुछ मिनटो में झाड़ियों के बीच गुफा का दूसरा मुंह खोज उसे एक पत्थर से बंद कर दिया। उसके पास जो छोटी सी डिबिया थी, उससे उसने माचिस की डिबिया निकाल कर तिली जला कर चीड़ के पत्तों में आग लगा दी। चीड़ के पत्तो से होने वाले धुएं से अंदर गुफा में डरे-सहमें सेई का दम

घुटने लगा। दरअसल चीड़ के पत्तो के जलने से निकला धुआं सेई के लिए जहर होता है। गुफा पूरी तरह धुएं से भर गया। अचानक से सेई बाहर आ गया, फिर आगे भागने के बजाए वह एक जगह लुढ़क गया। अपना दम तोड़ दिया। इंदर ने उसे फट से उठा लिया। यह देख दीपा ने कहा, "गजब का...इसे मार डाला।"

इंदर ने हंसते हुए कहा, "और क्या? अब चले आज का काम तो हो गया।"

दीपा और इन्दर की गहरी छनने लगी थी। एक दूसरे को छूने और चूमने भी लगे थे। हां अब जब कभी मांस खाने का मन किया, इंदर के साथ दीपा जंगल में शिकार के लिए निकल पड़ती थी। वैसे गांव के लोग हिरन, बारहसिंगा, खरगोश के गोस्त बड़े चाव से खाते थे। इंदर का मन था कि वह हिरन का शिकार करे। उसने दीपा से कहा, "हम दोनों कुछ बड़ा शिकार मारते हैं। इस पर दीपा ने कहा, "ऐसा ना हो कि बड़ा शिकार मारने के चक्कर में हम ही शिकार हो जाये किसी बड़े जानवर के।"

अब वह बड़े शिकार के लिए कई बार जंगल के काफी अन्दर चले जाते थे। हां उन्हें इसके लिए कभी-कभी खतरे का सामना भी करना पड़ता। उन लोगों का सामना तेंदुए से हो जाता था। तैंदुए से जान बचाने के लिए वे पेड़ पर चढ़ जाते थे, फिर घंटों वहीं बैठे रहते। इस तरह उन्हें कई बार बिना शिकार के ही वापस आना पड़ता। कभी-कभार वे सब बड़ा शिकार भी मार लेते थे। जब वे सब अच्छा शिकार मार लेते, तो एक एक जीत की तरह अनुभव करते थे। दीपा को यह सब अच्छा लगता था। इंदर को भी।

दीपा किसी जानवर का मांस घर लाती, तो उसकी मां खुश होती थी। दीपा ने अपनी मां से यह कह दिया था, हम सब गांव के कई लड़के-लड़कियां एक साथ शिकार करने जाते हैं। यूं दीपा की ईजा उसके शिकार करने जंगल जाने से डरती थी। मगर वह उसके काम-काज को देख कर काफी खुश होती थी। खुश हो ईजा कई बार दीपा से कहती थी, "लड़की खेती-बाड़ी, भोजन बनाना सीख जाये, तो यह भी कम नहीं होता। आखिर दूसरे घर जाएगी, तो यही सब तो देखेगे।" दीपा के बचपने स्वभाव में यह सब बाते बहुत जल्दी बैठ जाती थीं। इस वजह से दीपा अपने सारे काम बड़े चाव से करती थी। दीपा अपनी प्रशंसा

सुनने में व्याकुल रहती थी।

दीपा और इंदर ने कई तरह के स्वप्न सजा लिये थे। अब दीपा जब भी अपने पशु लेकर चराने जाती, तो इंदर भी उसके पास आ जाया करता था। वे दोनों बैठ कर खूब गप मारा करते। दीपा अब एक पल भी इंदर के बिना नहीं रहना चाहती थी। और यही हाल इंदर का भी था। इंदर चाहता था कि दीपा से ब्याह कर ले। मगर वक्त ऐसा नहीं था कि दीपा को ब्याह के लिए कहे क्योंकि इंदर पर उसके स्वप्न और चुनौतियां दोनों हाबी थे। इन्दर की आर्मी की नौकरी नहीं हो पा रही थी। वह खूब प्रयास करता पर कही भी सफल नहीं हो पा रहा था। इधर इन्दर की मां की तबियत खराब रहने लगी थी। यह पता चला की उसकी मां को टीवी की शिकायत है। उस रात अचानक ही मां की तबियत ज्यादा खराब हो गयी थी। वह शहर मां को डाक्टर के पास लेकर गया था। वहां कई सारे टैस्ट हुए, तो पता चला मां को टीवी है। वहां इतने पैसे लग गये की लौटने के बाद एक भी पैसे घर में नहीं थे। मां ने बेटे को परेशान होता देख यह कहा, "बेटा मेरी चिंता तो ना कर, बस अपनी देख, मेरी तो जिंदगी पार हो गयी। और जी के भी क्या करना है?"

मगर इंदर मां की बात से चिढ गया था और इतना कहा था मेरे रहते आप ऐसी बात मत किया करो। अगले दिन इंदर ने अपने एक मित्र को पत्र लिखा। वह काशीपुर की बेलवाल सिलिंग कम्पनी में नौकरी करता था। काशीपुर में इंदर का लगोटिया यार ब्रिजेश भी रहता था। ब्रिजेश अपना पहाड़ अपना गांव छोड़ कर जाना नहीं चाहता था। खेती ही कर के अपना जीवन जीना चाहता था, मगर उसके पिता जी इस बात से सहमत नहीं हुए थे क्योंकि उनका मानना था कि जब तक हम बाहर नहीं कमाने जाएंगे, तब तक पहाड़ में रह कर कुछ नहीं कर पाएंगे। उसके पिता हर दिन उसे डांट-फटकार लगाते रहते कि क्या कर पाओगे तुम इस पहाड़ में? ब्रिजेश के मामा काशीपुर के बेलवाल सिलिंग कम्पनी में टैक्नीकल हेड के गाड़ी के डाईवर थे। सो ब्रिजेश ने अपनी खुशी मामा के पास जाने में ही ठीक समझी। जाने से पहले उसने इंदर को भी साथ चलने के लिये कहा था। मगर, इंदर की मां ने उसे जाने से मना कर दिया था।

मित्र मां की हालत बहुत खराब है। उसे टीवी की बीमारी है। यहां शहर

में दिखाया था तो बहुत पैसे लग गये थे। आंशका है, आगे भी बहुत पैसे लगेंगे। इसलिये मुझे एक नौकरी की तलाश है, ताकी मैं मां का इलाज करा सकूं। आशा है, तुम मुझे जल्दी बुला लोगे। मेरे लिये एक नौकरी की व्यवस्था कर दोगे।

तुम्हारे पत्र के इंतजार में

तुम्हारा मित्र इंदर सिंह।

उसके बाद इंदर हर दिन जंगल से लकड़ी काट शहर बेचने जाने लगा। वह एक दिन भी नागा नहीं करता था। थोड़े-थोड़े पैसे जमा कर मां के लिये दवा ले आता था। लकड़ी काटने के बाद वह हर दिन पोस्ट ऑफिस चला जाता और पोस्ट मैन से पूछता मेरी कोई चिटठी आई है। पोस्ट मैन ने दो एक बार तो उसे प्यार से कहा, "अभी कोई चिटठी नहीं आयी है।" जब वह इसी तरह हर दिन पूछने लगा, तो एक दिन उसने खीझ कर कह दिया, जब चिटठी आएगी मैं खुद दे आऊंगा। यह हर दिन आकर सिर खाने की जरूरत नहीं है।" मगर सच पूछिये तो पोस्ट मैन कभी पहाड़ के गांव में चिट्ठी देने नहीं जाता था। कभी-कभार भूल से चला जाता हो, तो नहीं कह सकता। पहाड़ के मास्टरो की तरह पोस्ट मैन का भी वही हाल था। वह भी बस किसी तरह मैदानी इलाकों में जाने के प्रयास में रहते थे। या शायद उन्हें लगता था कि ये पहाड़ी सब क्या चिट्ठी पढेंगे। चिट्ठियां बोरो में बन्द हो जाती थीं। बाद में उसका कोई व्यौरा नहीं मिलता था। एक दिन फिर इन्दर ऐसे ही आ टपका पोस्ट मैन के पास, पूछा, क्या साहब अभी भी कोई चिट्ठी नहीं आई है।

"हां आई है। कुछ है देने के लिए।"

अपनी पेंट के पॉकेट से दो रुपये निकाल कर उसे देते हुए उसने कहा, "जी यह दो रुपये है।"

पोस्ट मेन ने उसे चिट्ठी पकड़ा दी।

मित्र ने पत्र में बस दो पंक्तियां ही लिखा था। "मैंने तुम्हारे बारे में काम की बात कर ली है। तुम वहां से बस पकड़ कर आ जाना। पत्र के नीचे जो पता है, उसी पते पर सीधे आ जाना। तुम्हारे इंतजार में तुम्हारा मित्र।"

पत्र पढ़ कर वह बहुत खुश हुआ। मगर अगले ही पल उसे अपने गांव,

जंगल नदी, दीपा की याद आने लगी। सच कितना दुख होता है, जब किसी चीज जिसे आप जुड़े होते हो अचानक उसे लाचारीवश छोड़ना पड़े। बहुत तकलीफ होती है। ऐसी ही कुछ तकलीफ इंदर को हो रही थी। मगर वह जानता था, इस तकलीफ को बर्दाश्त करना पड़ेगा। उसे उसकी दीपा बेहतर याद आने लगी। अभी तो वह कुछ दिन पहले ही तो मिले हैं। इतनी जल्दी उसे छोड़ कर जाना पड़ रहा है। उसने सोचा, वह तब तक ही वहां काम करेगा, जब तक मां का इलाज नहीं हो जाता। मां के इलाज के बाद वह वापस आ जाएगा।

अगले दिन वह नदी किनारे आकर बैठ गया। मगर आज वह मछली पकड़ने नहीं गया था। सिर्फ और सिर्फ दीपा से मिलने आया था। वह नदी किनारे बैठ कर आस-पास के कंकड़ उठा-उठा कर नदी में फेंकने लगा। नदी का पानी काफी साफ था। कुछ पल के लिये पत्थर उसे दिखाई देते, फिर ओझल हो जाते थे। वह पत्थर को तब तक देखता, जब उसकी दृष्टि से ओझल नहीं हो जा रहे थे। मगर उसे बड़ा खराब लग रहा था, जब पत्थर उसे नीचे तक नहीं दिखाई दे रहे थे। काफी देर तक वह इसी तरह करता रहा। अंत तक वह थक गया। वह वहां से उठ कर पहाड़ के कुछ ऊंचाई पर चढ़ गया और दीपा के गांव की तरफ देखने लगा। उसे घर और झोपड़ों के सिर के सिवा कुछ नहीं दिख रहा था। दरअसल उसे दीपा से मिलने की इतनी बेचैनी थी कि वह कहीं टिक नहीं पा रहा था। जल्दी ही आकर नदी किनारे बैठ गया। अब वह कभी पहाड़ पर चढ़ कर गांव तरफ देखता, कभी नदी किनारे आकर देखता। जैसे वह दीपा से मिलने के लिये कसरत कर रहा हो।

वह वहां से भाग कर, जहां पशु चरते थे, वहां जाकर एक पेड़ के नीचे छांव में बैठ गया। उसने अपनी पीठ तने से टिका ली। कुछ पलों में उसे उभासी आयी, उसने आंखें मूंद ली थी।

अचानक से मेमने इंदर के पास आकर में...में...करने लगे। मेमनों की आवाज से इंदर की नींद खुल गयी। उसने मैदान में देखा, चारों तरफ पशु चर रहे थे। उसे दीपा कहीं नहीं दिख रही थी। वह इधर—उधर नजर दौड़ाने लगा। जब कोई सुराग नहीं लगा, वह जोर-जोर से चिल्लाने लगा—दीपा...दीपा... दीपा...। वह उसी पेड़ के पीछे खड़ी हंस रही थी। इस तरह इंदर को करता

देख, उसकी हंसी बढ़ती जा रही थी। मन की हंसी बलबला कर बाहर आ गई। उसका दिल बाग-बाग हो गया था शायद। इंदर उसे देखते ही खुश हो गया। उसने भाग कर उसे अपने बांहों में समेट लिया। उसे उठा कर पेड़ के नीचे बैठ गया। उसे चूमने लगा। दीपा भी उसका साथ देने लगी। थोड़ी देर बाद शांत होने पर उसने कहा—"आज मैं कब से तुम्हें ढूंढ रहा हूं।"

"मैं तो समय से ही आ गयी।"

"मैं काफी देर से तुम्हारे इंतजार में पागल हो रहा हूं।"

दीपा ने उसे पूछा, "क्या तुम सच में मुझसे प्यार करते हो।"

"हां सच में करता हूं।"

दीपा ने उसका हाथ सिर में रख पूछा, "मेरी कसम खा कर कहो की तुम मुझसे सच में प्यार करते हो।"

"हां करता हूं।"

दीपा ने कहा, "कसम खा कर कहो कि मुझे कभी छोड़ कर नहीं जाओगे।"

इंदर चुप हो गया। निराशा भरे स्वर में कहा, "दीपा, मां की तबीयत ठीक नहीं है। मां के इलाज के लिये मैं काशीपुर की एक कम्पनी में काम करने जा रहा हूं। बस मां के इलाज के लिए जा रहा हूं। मां ठीक हो जाएगी, तो वापस चला आऊंगा।"

अभी कुछ समय पहले दीपा इतनी खुश थी, एक दम से मुरझा गयी।

"तू इतना चिंता क्यों कर रही हैं। कुछ दिनो की तो बात है।"

"तुम बीच-बीच में आते रहना।"

कई घंटे वहां बैठे रहे। बस एक दूसरे को ताकते हुए। यह नई बात नहीं थी। पहाड़ के गांव से इसी तरह युवा-बुजुर्ग मजबूर हो, काम की तलाश में दूर दराज चले जाते थे। नौकरी की विवशता जो न कराये। नौकरी प्यार नहीं देखती। लगाव महसूस करने, निभाने का अवसर नहीं देती। दो टके की नौकरी। नौकरी बस मनुष्य के श्रम की क्रद करती है। वह भी सबको मिलती है? जिसे न मिले, वह भी रोये। जिसे मिल जाये, वह भी।

लक्ष्मण कॉलोनी करीब दो किलोमीटर के आस-पास फैली थी। यह काफी

पुरानी कॉलोनी थी। आस-पास के लोग बताते हैं कि पहले यहां कभी खेत हुआ करते थे। मगर जब यहां इण्डियन ऑयल का प्लांट खुला, तो कुछ प्रोपर्टी डीलरों ने गरीब किसानो से औने-पौने दामों में जमीन खरीद ली थी और इसे कालोनी में काट कर लाइट की पोल और बीस फुट की चौड़ी सड़क निकालकर लोगों को महंगे दामो में बेचना शुरू कर दिया था। इस कॉलोनी में हर जाति-धर्म के लोग थे। कॉलोनी में प्रवेश करने के पहले ही दारू का ठेका था। ठेके में अंग्रेजी और देशी दोनों तरह की शराब की बोतलें मिलती थी। ठेका शाम के वक्त ऐसे खचाखच भर जाता था, मानो मेला लगा हो। इस ठेके पर सामाजिक सद्भाव का अद्भुत नजारा रहता था। लोग धर्म-जाती भुलाकर एक हो दारू पीते वक्त चीखने में गोस्त, मछलियां एवं अण्डे खाते थे।

इसी कॉलोनी में रूप सिंह का भी घर था। जाति के ठाकुर थे। नाई नहीं, राजपूत। कद काठी सामान्य ही थी। शरीर का रंग गेहूंआ था भूरा सा। भूरा रंग होने की वजह से गांव के लोग बचपन से ही रूप सिंह को भौरे कहते थे। तेल कम्पनी में सरकारी नौकरी थी। उनकी पत्नी का नाम कलावती था। कद की नाटी, रंग गोरा था। कलावती सुबह से शाम तक पूजा पाठ में ही व्यस्त रहती थी। ऐसा नहीं था कि कलावती शुरू से ऐसी थी। दरअसल बात ऐसी थी कि घर में किसी भी चीज की कमी नहीं थी। बस एक कमी जो सबसे बड़ी रह गई थी वह यह थी कि ब्याह को सात साल बीत गये थे। मगर अभी तक घर में किलकारी नहीं फूटी थी। हर प्रकार के ईलाज कराने के बाद भी मां नहीं बन पा रही थी। जब इतने साल ईलाज को बीत गये और कोई औलाद नहीं हुई, तो कलावती ने ही जिद्द की थी कि किसी बड़े शहर में बड़े डाक्टरों से चैकअप कराया जाये। मगर, रूप सिंह कभी भी चेकअप नहीं कराना चाहते थे क्योंकि वह डरते थे कही उनके ही सिमन में कोई कमी ना निकल जाये, फिर क्या होगा? क्या किसी और के सिमन से पैदा होगी अपनी औलाद? मगर, बड़े शहर में बड़े डाक्टरो से जो बात पता चली थी, वह सोच के एकदम विपरीत थी। कमी कलावती में ही थी। डाक्टरों ने रूप सिंह को तमाम चैकअप के पेपर पकड़ाते हुए इतना कहा था, "आप की पत्नी मां नहीं बन सकती थी।"

घर आकर कलावती ने रूप सिंह को तसल्ली देते हुए कहा था, "डाक्टरों

के कहने से क्या होता है? मुझे ईश्वर पर पूरा भरोसा है कि आप पिता बनेंगे।"

उस दिन के बात से कलावती को बस ईश्वर पर ही भरोसा रह गया था। उसने सोमवार, मंगलवार, शनिवार, एकादशी के व्रत उपवास रखना शुरू कर दिये थे। उधर रूप सिंह ने ठेके का सहारा ले लिया था। और ठेके में रूप सिंह के बदोलत उसके मित्र भी शराब पी लिया करते थे। वह उसे इस बात की तसल्ली देते थे—"तू चिंता मत कर रे भैरे, तेरे घर बच्चा होकर रहेगा।"

पर ऐसा नहीं था कि कलावती कभी मां नहीं बनी थी। कलावती मां बनी थी, पर बिन ब्याही। सुनकर ताज्जुब होगा, उस बच्चे के पिता भी रूप सिंह ही थे। हुआ यूं कि कलावती की बड़ी बहन फूलवती का ब्याह रूप सिह के बड़े भाई से हुआ था। कलावती अक्सर छुट्टियो में अपनी बड़ी बहन के घर आया—जाया करती थी। उन दिनों रूप सिंह अपने बड़े भाई के पास रहकर आई.टी.आई की पढाई कर रहा था। यही दोनों के बीच नैन लड़े, और एक दूसरे को चाहने लगे थे। अब इसे ना समझी कहे या दोनों की इच्छा से हुआ, कलावती पेट से हो गयी। कलावती इस सच को अब किससे कहती? वह डर से इस बात को महीने भर छुपा कर रखी। रूप सिंह पागल कुत्तों सा इधर-उधर घूमता रहा। बात ऐसी हो गई थी कि ना किसी से कुछ कह पा रहा था, ना बात को पचा पा रहा था। उसे अपने मित्र से पता चला की उसके गांव की एक दाई है, जो इस तरह के नजायज बच्चो को गिरवाने का काम करती है। उसके मित्र ने हंसते हुए कहा, "वह गांव में ईख के खेत में मां बनी कितनी लड़कियों का कोख गिरवा चुकी है। वह रात के दो बजे इस काम को अन्जाम देती है। लड़की के बेजाइना में जड़ी-बुटी डाल देती हैं। दो घण्टे में मामला रफा दफा हो जाता है और किसी को पता भी नहीं चलता है।

जब कलावती को रूप सिंह ने यह बात बतायी तो डर से उसकी जान निकलने लगी। उसने रूप सिंह से यह कहा "मैं नहीं करवाऊंगी यह सब।"

अंत में कलावती जब हर तरह से हार गयी, तो उसने अपनी दीदी को रो रो कर यह बात बता दी। यह सुनते ही फूलवती के पैरों तले से जमीन खिसक गयी। बात को छुपाये रखने के लिए उसने बिना किसी से राय-मशवरा लिए किसी लोकल डाक्टर से बात-चीत कर ली। वहां ले जाकर कलावती का एबार्शन करवा

दिया था। एबार्शन के बाद उसकी तबियत खराब हो गई। खूब ब्लैडिंग शुरू हो गयी। कहते हैं, उसी वक्त बच्चेदानी में कोई खराबी आ गयी थी।

खैर बात छुपते-छुपते बड़े भाई ज्ञान सिंह तक पहुंच गयी। जब ज्ञान सिंह को यह बात पता चली, तो पहले तो उसने रूप सिंह की पहले धुनाई की और फिर साफ-साफ कह दिया, "तुमने कलावती की जिन्दगी से खिलवाड़ किया है। अब तुम ही इससे शादी करोगे।"

"रूप सिंह की पहले ही शर्म से आंखें नीचे थीं, उसने बिना किसी ना-नुकुर के कलावती से ब्याह रचा लिया।

ब्याह के बाद रूप सिंह ने गांव में चार भैंसें खरीद ली थी। अब कलावती और रूप सिंह सुबह उठकर भैंसों का सानी-पानी करते थे। रूप सिंह सुबह भैंसों को दूह कर, टिफिन में दूध ले शहर बेचने निकल जाते थे, मगर रूप सिंह को दिल से कभी यह काम पसंद नहीं आता था। अर्थात उसे इस काम में मन नहीं लगता था। वह अच्छी नौकरी के प्रयास में लगा रहता था। उसने अपना नाम 'इमप्लायमेंट एक्सचेंज' में लिखवा रखा था। एक बार ऑयल कम्पनी की बहाली निकली 'इमप्लायमेंट एक्शचेंज' की और से इन्टरव्यू की कॉल लेटर आ गयी। इन्टरव्यू में साहब ने कुछ ही सवाल पूछे थे। यह बात रूप सिंह ने कई बार हंसते हुए बतायी थी। साहब ने पूछा, "तुमने आई.टी.आई. कहां से की है।

"जी हरिद्वार से।"

"कौन से ट्रेड से की है।"

"फिटर ट्रेड से की है।"

"घर पर कौन-कौन है?"

"साहब घर में मैं और मेरी पत्नी तथा दो बहनें हैं, जिनका पालन-पोषण मैं ही करता हूं।"

"क्या करते हो?'

"साहब चार भैंसें पाल रखी हैं।

"कितना दूध देती हैं?"

"जी यही कोई चालीस-पचास के आस-पास हो जाता है।"

"पानी भी मिला देते होंगे?"

"रूप सिंह ने मुस्कुराते हुए कहा, "साहब थोड़ा बहुत करना ही पड़ता है।"

इस बात पर साहब हंसे, रूप सिंह भी हंस पड़ा।

साहब ने पूछा, मान लो चलती हुई कनवेयर से सिलेन्डर गिर जाये, तो तुम सिलेन्डर उठा के रखोगे।"

"साहब मैं ठहरा मजदूर आदमी, हम नहीं काम करेंगे, तो कौन करेगा?"

बस फिर क्या था? तीन महीनों तक बाकी के कागज-पतरों के काम के बाद ज्वाइनिंग लेटर आ गया। 1990 में रूप सिंह की तनख्वाह मात्र 10000 रुपये थी। 10000 रुपये वाली मासिक वेतन वाली नौकरी वेतन बोर्ड के तहत बढ़-बढ़ कर 40000 रुपयों के ऊपर पहुंच गयी। गांव के लोग रूप सिंह के बारे में कहने लगे, मिल्क मैंन बन गया जेंटल मैन। उसने लक्ष्मण कालोनी में जमीन खरीद ली। वहां एक मंजिल का घर बना लिया। खूब ऐशोआराम की जिंदगी जीने लगा था। सब कुछ होने के बावजूद रूप सिंह की मां को लगता था, जैसे कुछ भी नहीं हुआ है। आखिर बिना औलाद के कैसा घर-वार, सम्पत्ति? वह भी ईश्वर से यही प्रार्थना करती कि बस ईश्वर कोई औलाद हमारे बेटे के घर भी दे दे। वह मन्दिर, गुरूदवारो, दारगाह तक झोली फैला-फैला कर बस यही मांगती कि जाते-जाते बस रूप सिंह की औलाद देख जाऊं। कई-कई बार वह कहती, लोगों की बुरी नजर लग गयी है।

बस यूं समझिए कि पूरा परिवार बस उम्मीद के सहारे जी रहा था। कलावती अब डाक्टरों की दवाओं की जगह सन्तान प्राप्ति के लिए पीर, मौला, पण्डित, हकीम, संत-स्वामी और ज्योतिषियों के चक्कर काटने लगी। पीर, मौला, पंण्डित, भविष्य वक्ता जैसा-जैसा कहते थे, कलावती वैसा-वैसा करती जा रही थी। भविष्यवक्ता कलावती के साथ-साथ रूप सिंह के ऊपर आ रहे दोष को भी दूर करना चाह रहे थे। मगर रूप सिंह कतई इन सब चीजों पर विश्वास नहीं कर रहे थे। भाग्य का कोई दोष नहीं होता। और ना ही भाग्य कोई बदल सकता है। सारा दोष इंसान की करनी में होता है। जैसी करनी, वैसी भरनी। लेकिन कलावती ईश्वर के आगे अपने पति की इन सब बातों के लिए माफी मांग लेती। रूप सिंह को भी समझाती कि आप हर दिन मंदिर में पूजा-पाठ करने जाया कीजिए। कभी तो ईश्वर हमारी सुनेगा। ईश्वर के घर देर है, अंधेर नहीं। पर रूप सिंह के लिए

भगवान सिर्फ डाक्टर थे। वह साफ-साफ कहते—कोई फकीर की ताबीज या ज्योतिषियों के अंगूठियों से बच्चा नहीं होता। यह सब नेचुरल है।

"मगर सब कुछ ईश्वर का लिखा ही होता है। हम सब उसी के बनाए हुए हैं। हर इन्सान को उसके भाग्य के अनुसार ही मिलता है। जैसे शरीर में आई हुई बीमारियो को डाक्टर दूर कर सकता है। वैसे ही भाग्य के दोष को सिर्फ पंडित-मौलवी ही दूर कर सकते हैं। सब हमारे भाग्य का ही दोष है।"

"ठीक है, अगर तुम भाग्य को इतना मानती हो, तो भाग्यवादी बनों और मानो कि जिन्दगी में सबको सब कुछ नहीं मिलता है। इसलिए जो नहीं मिला, उसके लिए हाय-तौबा मचाने से कहीं बेहतर है कि जो मिला उसी का जमकर आस्वाद लिया जाय। इसलिए संतान प्राप्ति के लिए पीर, मौला, पंडित, हकीम, संत-स्वामी या ज्योतिषि के चक्कर काटना छोड़ दे।"

कलावती यह सुनते ही चुप हो गई थी कि स्त्री की इच्छा, भावनाए, विचार, स्वप्न, वगैरह वगैराह कुछ नहीं, बस एक देह होती है वो भी मर्द के लिए, अपनी नहीं तो दूसरे के लिए। उसका रोम-रोम कराह उठा अब किससे क्या कहे?

उस दिन के बाद से उसने रूप सिंह को कभी किसी पीर, पंडित की बात नहीं कही थी। शायद कलावती ने भाग्य वादी बनकर यह सोच लिया था कि उसके भाग्य में कुछ नहीं लिखा है। पुत्र न होने के ताने उससे मिलने लगे थे मगर वह इसे झेलती न तो और क्या करती?

कलावती की बहनें कलावती को समझाते हुए उसमें झूठी सी उम्मीद उसके मन में जगा देती थी। "जीजा जी, तुम्हारी बात सुनें या ना सुनें तुम सच्चे मन से प्रार्थना करती रहो। कितने ऐसे लोग है जिनको सन्तान का सुख दस-दस सालो बाद मिला है। रूप सिह की मां भी कलावती को समझाते हुए कहती कि तुम चिंता मत किया करो, सब कुछ ठीक हो जाएगा। रूप सिंह की बातों का बुरा ना माना करो। संतान तो तुम्हें होगा ही। बिना संतान के मनुष्य का जीवन भी कोई जीवन है।"

कलावती चारों तरफ से निराश हो गई थी। उसका ईश्वर से भरोसा उठ गया था। डाक्टरों से अब कोई उम्मीद नहीं रह गई थी। उन्हीं दिनों का एक दिन...

उस दिन वह अपने सारे घर के काम निपटा कर चुपचाप घर में बैठ गयी

थी। वैसे भी खाली घर में काम ही कितना रहता था। बच्चे होते, तो घर में चहल पहल होती। बच्चे को नहलाने-दुलारने तथा घर में बच्चों की देख-रेख में उलझी रहती। कलावती की एक छोटी बहन पार्वती जिसका ब्याह देहरादून में हुआ था, उसके पति राकेश की बैंक में सरकारी नौकरी थी। अचानक ही उसी का फोन आया, "क्या तुम बच्चा गोद लेना चाहोगी?"

कलावती कुछ देर चुप रही, फिर बोली, "तुम्हारे जीजा जी से तो बात करनी पड़ेगी, पर बच्चा किसका है?"

"मेरे घर में जो नौकरानी काम करती है, उसका लड़का है।"

"पर वह अपना बच्चा क्यों गोद देना चाहती है?"

"क्या है, उसके पहले ही चार लड़के हैं, अब वह पांचवीं बार प्रेग्नेंट हो गयी है। अब चूकि उसका पति बस शराब पी कर मस्त रहता है, काम-काज भी उसके पास है नहीं। कभी काम पर जाता है, कभी नहीं। अब वह बेचारी यही सोचती है कि पहले ही मेरे चार बच्चे हैं, उनका पालन-पोषण ही बड़ी मुश्किल से हो पा रहा है। वही मुझसे एक दिन बोली, "अगर कोई ऐसा हो जिनकी औलाद ना हुई हो, औलाद गोद लेना चाहता हो, तो मुझे मेरे बच्चो के परवरिश के लिए पैसे देकर मुझसे बच्चा गोद ले सकता है।..."मैं सोच रही थी तुम भी तो औलाद कें लिए कितना तरस रही हो। क्यों ना आप दोनों यह बच्चा गोद ले ले।"

कलावती मन ही मन बच्चा गोद लेने की बात स्वीकार कर ली थी। उस दिन वह रूप सिंह का कम्पनी से आने का बेसब्री से इंतजार करने लगी थी। वह उत्साह से भर गयी थी। मन ही मन वह कई तरह के स्वप्न सजाने लगी थी। शाम का वक्त हो चला था। कलावती ने घड़ी देखी और रसोई में घुस गयी। रूप सिंह प्लांट अर्थात कम्पनी से आने के बाद चाय के साथ कुछ नमकीन खाना पसंद करता था। सो उसके आने के पहले सारी तैयारियां करने लगी।

शाम के वक्त ओवर टाइम कर के समय से लेट आये थे। उनके आने के वक्त बाहर बारिश की बूंदा-बूंदी भी शुरू हो गयी थी। इस वजह से वह थोड़े-बहुत भीग भी गये थे। इस वजह से वह शाम को अपनी बात बता नहीं पायी, सही समय रात को सोते समय ही मिला। लेकिन उसने ने यह प्रस्ताव अस्वीकार करते हुए कहा था, "मुझे किसी पराये बच्चे को गोद नहीं लेना है।"

“आप यह क्यों नहीं सोचते, हम अपनी जिन्दगी की शुरूवात कर सकते हैं। मैं भी बच्चे के पालन-पोषण में लगी रहूंगी। हर दिन सूना-सूना सा घर मुझे काटने कों दौड़ता है। आप का तो दिन कम्पनी में दस लोगों के बीच कट जाता है। घर आकर फिर आप दोस्तों के बीच घुस जाते है। मैं अकेली घर पर किस तरह दिन काटती हूं आप को क्या पता?” कलावती ने समझाना चाहा।

“कईयों की औलाद नहीं होती। अगर हमारी कोई औलाद नहीं है तो क्या फर्क पड़ता है?”

“मगर मुझे तो फर्क पड़ रहा है।”

“जान-बूझकर ऐसा नहीं कह रहा हूं। हर एक इंसान की अपनी पसंद होती है। अब जैसे मैं जो चाहता हूं वह कभी पूरा नहीं हो सकता है। उसी तरह तुम जो चाहती हो, समझो वह भी कभी पूरा नहीं हो सकता है।”

“आप क्या चाहते हो?”

“अपना खून चाहता हूं।”

अब कलावती के पास इसका कोई जबाब नहीं था। उसकी इस बात से वह इतना निराश हुई थी कि पहले कभी महसूस नहीं किया था। उसकी बातें कलावती अपने हृदय में शूल की तरह चुभता हुआ महसूस कर रही थी। पर वह कर भी क्या सकती थी। यह दुख उसे और भी गहराया था, जब उसे यह पता लगा था कि उस बच्चे को चण्डीगढ़ की पंजाबी दम्पत्ति गोद लेकर चले गये हैं। उसे ऐसा लगा, जैसे उसका ही बच्चा उससे कोई लेकर चला गया है। सुनने में यह आया था चण्डीगढ़ की दम्पत्ति की भी कोई औलाद नहीं थी। वह नौकरानी किसी पंजाबी फैमिली के घर काम करती थी। उसने वहां भी यह बात बता रखी थी। जब उस पंजाबी मालकिन को यह बात उसने बतायी, तो उसने अपनी रिश्तेदारी में वह बच्चा गोद दिलवा दिया था। उस नौकरानी से कोर्ट में यह एग्रीमेंट करवा लिया कि अब वह इस बच्चे की मां-बाप नहीं है दोबारा कभी तुम बच्चे को देखने की जिद्द नहीं करोगी। कहते हैं, उसी दिन उस नौकरानी का दिल बदलने लगा। वह बच्चे को देने से मना करने लगी। शायद उसका मन बच्चे की जुदाई को स्वीकार नहीं कर पा रहा था। बाद में मालकिन ने उसे समझाया कि, देख तेरे बच्चे को सुन्दर भविष्य मिलेगा। इसके साथ कभी बुरा

व्यवहार नहीं किया जायेगा। फिर तुझे जो पैसे मिलेगे उससे तेरे और बच्चो का भी भविष्य बन जायेगा। फिर बे औलाद को औलाद देना बहुत पुण्य का काम है। तू अपना दिल छोटा मत कर हिम्मत बांध कर रख।" उसके बाद उसने बच्चे को उन्हें सोप दिया।

अब आगे की दास्तान भी बड़ी दिलचस्प थी। रात का वक्त था। बिजली चली गई थी। बच्चा रोने लगा था, मगर वह किसी भी तरह चुप नहीं हो रहा था। लड़के के पिता उसे अपनी कार में लेजाकर बैठ गये और गाड़ी स्टार्ट कर एसी ऑन कर दिया। बच्चा थोड़ी देर बाद ही चुप हो गया। गरीब घर का बच्चा किसी अच्छे घर में पहुंच गया था। उसकी आदतें भी उसी तरह की हो गयी थी।

रूप सिंह और कलावती के सम्बन्ध इस मुकाम पर पहुंच चुके थे कि एक ही विस्तर पर दोनों एक-दूसरे की और पीठ फेरकर सोते थे। ऐसा भी नहीं था कि इच्छा मर चुकी थी। पर जैसे इच्छा से कोई फल नहीं मिलने वाला था, इसलिए इसे व्यर्थ का परिश्रम समझने लगे थे। सही मायने में वह नाम मात्र के पति-पत्नी रह गये थे। मात्र 39 साल की उम्र में ही उसका मासिक चक्र गडबड़ाने लगा था। फिर वह डाक्टर के पास गई थी, डाक्टर ने आयु पूछी और जॉच की।"आप मीनोपाज के दौर से गुजर रही हैं। इतनी जल्दी आने का कारण यह है कि आप के शरीर के हारमोन्स काम नहीं कर रही हैं। ये कुछ गोलियां लिख देती हूं। सब कुछ ठीक-ठाक निपट जायेगा।" डाक्टर ने पर्ची में विटामिन, कैल्शियम वगैरह की गोलियां लिख कर पर्चा को थमा दिया था। घर आकर वह खूब रोई थी। उसने डाक्टर की दवाई, सब कुछ नाली में फेंक दी थीं क्योंकि उसके दाम्पत्य सम्बन्ध में इच्छा मर गई थी।

रूप सिंह और कलावती के आपसी सम्बन्ध को लेकर बहनें काफी चिंतित रहती थीं, मगर कईयो ने रूप सिंह की बच्चा गोद ना लेने की बात को बुरा नहीं मानते थे। उनका मानना था बहुतों की औलाद नहीं होती है। वह भी बिन बच्चों के जीते हैं। क्या वाकई पति-पत्नी के बीच बच्चा मायने रखता है? क्या वाकई पति-पत्नी के अच्छे डोर में बंधे रहने के लिए बच्चा जरूरी है?

अब रूप सिंह और कलावती के आपसी सम्बन्ध की पोल सिर्फ रिश्तेदारों तक ही सीमित नहीं रह गयी थी। यह बात रूप सिंह की कम्पनी के कई दोस्तों

के बीच पहुंच गयी थी। कलावती ने अपने दुख के खालीपन को भरने के लिए अपनी बहनो का चुनाव कर लिया था। रूप सिंह ने अपने खालीपन को भरने के लिए परम मित्र, इकबाल का चुनाव कर लिया था। आखिर अपने मन की बातों को कही तो उंड़ेलना था।

उसे निराश देखकर कम्पनी में इकबाल ने उसे समझाने की कोशिश की थी, "रूप क्यों नहीं तुम कोई बच्चा गोद ले रहे हो यार! फिर यह कोई तुम्हारे साथ पहली बार तो हुआ नहीं है। कइयो ने संतान ना होने पर बच्चा गोद लिया है।"

रूप सिंह ने उसे गम्भीरता से देखा और कहा, "देखो इकबाल बच्चा तो मैं गोद ले सकता हूं, मगर मैं चाहता हूं, मेरा अपना खून हो, जिसमें मेरे गुण हों, मेरी परछाई दिखे। जिसे लोग देखते ही कह दे, रूप सिंह के बेटे हो। अगर मैंने बच्चा गोद ले भी लिया, तो लोग कल को यह कहेंगे यह रूप सिंह का गोद लिया हुआ बच्चा है। कभी कोई नहीं कहेगा, यह रूप सिंह का बच्चा है। अगर बात किसी अनाथ बच्चे का भविष्य बनाने की है, तो मैं किसी भी अनाथालय में पैसे देने के लिए तैयार हूं।"

इकबाल ने उस वक्त कुछ नहीं कहा क्योंकि उसे लगा आगे कुछ कहना उसके दिल को ठेस पहुंचाने जैसा होगा। मगर रूप सिंह की हर दिन की बाते इकबाल सुन-सुन कर पकने लगा था। रूप सिंह और कलावती के दिन कुछ इस तरह बीत रहे थे—नाश्ते के समय बुझे-बुझे मन से उसे नाश्ता दे देती थी। रूप सिंह भी चुप-चाप रूखे मन से नाश्ता कर के चले जाते थे। रात को भी भोजन परोस देती वह...। रूप सिंह भोजन खा कर या तो लेट जाते या फिर देर रात तक टी.वी. देख कर सो जाते थे। आखिर कार एक दिन कह दिया, "तुम दूसरी शादी क्यों नहीं कर लेते। तुम्हें अपना खून मिल जाएगा। कलावती को बच्चा गोद।"

उसकी बात सुन कर रूप सिंह एकदम से सन सा रह गया—"तुम ये कैसी बात कर रहे हो इकबाल, मैं हिन्दू हूं। संविधान हिन्दू धर्म को दूसरी शादी की इजाजत नहीं देता है और फिर पहली पत्नी घर पर है...पर दूसरी शादी करना कुछ ठीक नहीं...नहीं उचित नहीं रहेगा यह...कैसे संभव है यह?"

किस कानून की बात करते हो। कितने लोग इस दुनिया में कानून के अनुसार चलते हैं? हर इंसान अपनी मन की करता है। कुछ गलत नहीं होगा,

बस तुम्हें और कलावती को आपस में विचार करने की जरूरत है। इस दुनिया में कई ऐसे जोड़े हैं जिन्होने संतान प्राप्ति के लिए दूसरा ब्याह किया है। खुद उनकी बीबीयों ने अपने पतियो को दूसरा ब्याह करने को कह दिया। मेरे गांव में मेरा एक मित्र था बुलबुल शेख। बुलबुल शेख की दो मां थी। दरअसल बुलबुल के अब्बू जान निजामुद्दीन शेख की पहली बीवी शायरा से कोई औलाद नहीं हुई। शायरा ने ही थक हार कर एक दिन निजामुद्दीन से कहा, "आप दूसरा निकाह कर लीजिए।" निजामुद्दीन इसके लिए तैयार नहीं था क्योंकि वह दूसरी शादी कर शायरा को खोना नहीं चाहता था। लेकिन शायरा ने कहा, "जब मैं अपनी सौतन को रखने के लिए तैयार हूं, तो आप को चिंता करने की कोई जरूरत नहीं है।" अपनी मामा की लड़की जीया का निकाह निजामुद्दीन से करवा दिया था। जीया अर्थात दूसरी बैगम साहिबा ने बुलबुल को जन्म दिया था। अफसोस की बुलबुल के जन्म के कुछ दिन बाद ही निजामुद्दीन को गली के कुत्ते ने काट लिया। घर आकर उन्होंने किसी को कुछ कहा नहीं, बस एक पीर से झाड़ फूक करवा लिया था। मगर कुछ साल बाद ही निजामुददीन पागल कुत्ते की तरह करने लगा। वह पूरी हरकत कुत्तों की तरह करने लगा। पूरे मोहल्ले में शोर मच गया कि बुलबुल के अब्बू कुत्ते की तरह कर रहे हैं। मोहल्ले के लोग उन्हें किसी तरह अस्पताल लेकर गये, मगर उसी दिन अल्लाह को प्यारे हो गये। सुनने में यह आया था। शरीर में रबिज आ जाने के कारण डाक्टरों ने उन्हें जहर की सुई दे कर मार दिया था।

बाद में बुलबुल की छोटी अम्मी जीया को अनुकम्पा पर नौकरी मिल गयी। फिर अम्मी नौकरी पर चली जाती और बड़ी अम्मी घर में बुलबुल को संभालती थी। अब बुलबुल के लिए अम्मी मां और बड़ी अम्मी अब्बू जैसे थी। अगर तुम दोनों के संतान प्राप्ति के लिए अंडरस्टेंडिंग बन जाये फिर किसी संविधान, समाज की चिंता करने की जरूरत नहीं है। तुम और तुम्हारी पत्नी अपनी इच्छा को खुद पूरा कर सकते हो। इसके बीच कोई कानून नहीं आएगा।

रूप सिंह ने मन ही मन सोच, मैं दूसरी शादी कर भी लूं तो बुरा क्या है? औलाद के लिए लोग क्या-क्या नहीं करते हैं? संकल्प साधते ही उसे जैसे औलाद पाने का विकल्प मिल गया था। वह मन ही मन बोला—हां मैं करूंगा

दूसरी शादी...दूसरी शादी कर अपनी संतान पैदा करूंगा...अपना खून...। वह ख्वाब देखने लगा।

उसका ख्वाब टूटा, "पर इकबाल मुझसे शादी कौन करेगा...? आखिर मेरी उम्र भी तो कहां पहुंच गई है।"

"पौड़ी एकेश्वर गांव की एक पहाड़न है...उसकी तीन लड़कियां है। जंगल की लकड़ी बेच कर और थोड़ी बहुत खेती कर के घर चलाते हैं। तुम कहो, तो तुम्हारा उसकी बड़ी लड़की से रिश्ता करवा दूं।"

दरअसल इकबाल की पत्नी कमली भी पौड़ी एकेश्वर गांव की ही थी। हुआ यूं की जब इकबाल की नौकरी हरिद्वार गैस प्लांट में लगी, आजमगढ़ से हरिद्वार आने के बाद उसे यहां के आस-पास की वादियों का अलौंकिक सौन्दर्य लुभाने लगा। अब तक की जिन्दगी धुआं, धूल, कोलाहल के बीच कटी थी। घूमते-फिरते पहाड़ की लडकियों की सुन्दरता उसे खींचने लगी। वह हर दो-तीन महीनों में छुट्टियां ले अपने मित्रों के साथ ऊंचे इलाकों के होटलों में चला आता था। एक दिन ऐसे ही वह घूमते-फिरते होटल में जा रहा था, तभी उसने एक पहाड़न लड़की देखी-चम्पई रंग, घुंघराले लम्बे बाल, हल्की नीली-सी बड़ी और खूबसूरत आंखे, लम्बी-दुबली देह...जो किसी रूसी लड़की सी दिख रहीं थी। वह मोती की मालाओ की फेरी कर रही थी। उसे देखते ही इकबाल के बदन में गुदगुदी-सी फैल गई। इकबाल ने झटपट उसे रोक लिया उसे टकटकी लगाए देखने लगा। उसका दिल सुपर फास्ट ट्रेन की रफ्तार से धड़कने लगा। हड़बड़ाकर वह उसके हाथो में टंगे मालाओ को देखने के बहाने उसके हाथ की गोरी कलाईयों को देखने लगा। बड़ी देर तक देखता ही रहा। लड़की ने झेंपकर कहा, "साहब कोई माला पसंद नहीं आ रही क्या?

"नहीं ऐसी बात नहीं है। मुझे तो सारी मालाएं पसंद है। समझ नहीं आ रहा...कौन सी लूं?"

लड़की न झट से एक माला खीच कर कहा—"यह वाली माला लीजिए। बहुत जंचेगी आप पर।"

उसके बाद इकबाल ने अपने सभी मित्रों को उस लड़की के बारे में बताया और हर दिन सबको बारी-बारी से माला खरीदवा दी थी। इकबाल ने

उस पहाड़न लड़की को पटाने के लिए कमान के सारे तीर आजमा चुका और नाकाम रहा, तो जख्मी सांप सी हालत हो गई उसकी। सभी दोस्तो से उसने कहा, इस लड़की का पता लगाओ।"

इकबाल के मित्र उसके पागलपन को देख कर कहते—बरखुरदार ऐसी तो हर दिन लाकर दे देंगे।" बाद में मित्रो ने उस लड़की का एक पहाड़ी बंदे से पता लगा लिया था। उस बंदे से यह पता चला, वह बस दो भाई है। घर में मां है। पिता की किसी हादसे में मृत्यु हो गयी है। उनके पिता जंगल में लकड़ी काटने गये थे। जंगल जाने के बाद मौसम खराब हो गया। उस दिन खूब वर्षा हुई। वापस जंगलों से लकड़ियां लाते वक्त जब गांव में आने के लिए पहाड़ के ढलान उतर रहे थे। तभी पहाड़ का एक टुकड़ा टूट गया, उसके मलवे में वह दब गये थे।

इकबाल ने फिर उसकी मां से बात कर पैसे देकर पटनी ब्याह कर लिया था। वह मुस्लिम था। उसे दूसरी शादी के लिए कोई कानूनी अड़चन नहीं थी। उसकी पत्नी को जब यह बात पता चली, उसने इकबाल से कुछ ना कह उल्टा उसे तलाक दे कर आजाद कर दिया था। उसने इतना कहा था—"अगर उसे लड़की मिल सकती है, तो क्या मुझे लड़का नहीं मिल सकता?"

रूप सिंह खुश था। खुश इसलिए था कि वह अब भी बाप बन सकता है। घर पर किलकारी गूंज सकती थी। खुशी में उसमें एक बदलाव भी आ गया था। कलावती भी उसमें यह बदलाव को देख आश्चर्यचकित थी। मगर वह चिंतित भी था। दरअसल उसका मन और विवेक दोनों उसे परेशान कर रहे थे। विवेक उसे कहता था, पहली बीवी घर पर है, तो किसी दूसरी स्त्री के बारे में सोचना पाप है, लेकिन मन तो बार-बार यही कह रहा था, कैसे वीरान सा घर पड़ा हुआ है, यहां किसी भी कीमत पर किलकारियां गूंजनी चाहिए। अगर दूसरी शादी कर भी लू तो बुरा भी क्या है? मन विवेक पर भारी पड़ गया था। इस वजह से वह कलावती को छोटी-छोटी खुशियां देने लगा था। ताकि वह उसे छोटी-छोटी खुशियां देकर उसे बड़ी खुशी हासिल कर सके। कलावती यह सब देख इसे भगवान का चमत्कार मानती थी। उसे लगा, यह सही वक्त है बच्चा गोद लेने की बात कहने का। वह इस बार कोई चूक होने नहीं देना चाहती थी। इस वजह

से वह फिर से ज्योतिषी के पास गयी। उसने दुबारा सब कुछ देखा और कहा, "बेटा संतान का योग बन रहा है। तुम्हारा शुक्र काम कर रहा है। हो सकता है, तुम्हारा पति बच्चा गोद लेने की बात मान जाये क्योंकि जब शुक्र काम करता है मनचाही कामना पूरी होती है।

रूप सिंह कलावती को अपने मन की बात कहने का साहस नहीं जुटा पा रहा था। वह समझ नहीं पा रहा था कि कैसे उसके सामने वह बात रखे। एक दिन कलावती ने रूप सिंह पर प्यार जताते हुए कहा, "क्या तुम्हें यह खाली घर काटता नहीं?"

"तुमसे भी ज्यादा खलता है यह दुख।"

"फिर क्यों नहीं बच्चा गोद ले लेते?"

"तुम अगर चाहो तो अब भी हमें औलाद मिल सकती है।"

"वह कैसे?"

"पहाड़ की एक..." फिर रूप सिंह थोड़ा हकलाया और चुप हो गया।

"पहाड़ की क्या...आप चुप क्यों हो गये?"

"पहाड़ की एक गरीबन है...उसकी तीन लड़कियां है...बेचारी बहुत गरीब है। उसकी बड़ी लड़की है...। मैं...उससे शादी...करना चाह रहा हूं...उससे... ही हमें औलाद मिलेगी।" कह तो गया रूप सिंह पर खुद ही काटो तो खून नहीं जैसी उसकी हालत हो गयी।

दूसरी तरफ यह सुन कालावती का पारा हाई हो गया..."वाह जी...वाह... क्या बात कही है। जरा सी भी शर्म नहीं आयी, यह कहते हुए। आज अगर यह कमी तुम्हें होती तो क्या तुम मुझे दूसरे के पास जाने देते...बोलो...बोलो, चुप क्यों हो...।" और भी न जाने क्या-क्या बड़बड़ाने लगी कलावती।

यह बात सुनते हुए रूप सिंह भी अन्दर ही अन्दर उबल पड़ा। उसका जी किया की अभी इसके गाल पर एक चाटा रसीद कर दूं, पर वह जानता था, अभी वह समय नहीं है क्योंकि वह जो चाहता है, वह प्यार द्वारा ही संभव है। जबरन तो काम बिगड़ जाए। वैसे भी रूप सिंह के की आदत थी, वह किसी के ऊपर भी नाराज होता था, तो उसे होश में कुछ नहीं कहता था। पी कर कभी भी मोका देख अपनी भड़ास निकाल लेता था। रूप सिंह थोड़ी देर खामोश रहा।

प्रतिक्रिया ने उसे ताकत दे दी, "देखो, तुम भी चाहती हो कि हमारा कोई बच्चा हो। बस फर्क इतना है, तुम बच्चा गोद लेना चाहती हो और मैं अपना खून चाहता हूं। दोनों चीजें हो सकती है। अगर तुम चाहो तो...।"

"क्या कोई स्त्री अपने पति को इस तरह दूसरे स्त्री के हवाले करने देगी। कैसे मैं उसे आने दूं अपने घर...फिर मैं कहां जाऊंगी?"

रूप सिंह उचित-अनुचित के सारे तर्क भूल कलावती को कुछ इस तरह समझाने की कोशिश की, "ऐसा भी तो हो सकता है कि उसे बच्चा होने के बाद वापस उसके पहाड़ छोड़ देंगे। जब उसकी मां पैसै लेकर अपनी बेटी का ब्याह करने को तैयार है, तो कल को वह भी तो पैसे लेकर हमें बच्चा देकर जा सकती है।"

रूप सिंह की बातों से वह घृणा से भर गयी। वह कोई जवाब नहीं दे पा रही थी। उसकी चुप्पी देखकर रूप सिंह ने ही कहा, "तुम इस के बारे में सोच लो।" कमरे में छोड़ कर कलावती को बाहर चला जाता है।

कलावती ने यह बात अपनी बहन को फोन पर बताई। सुनते ही उसे लगा, पैरो तले से जमीन खिसक गयी है। सिर पर से आसमान हट गया है। उसे समझ नहीं आया कि वह क्या कहे? फिर भी उसने कुछ सोच कर कहा, "देख आज तो वह सब कुछ तेरे सामने करने को कह रहा है। अगर हमने उसे इस बात से रोक भी लिया, तो यही सब आंखों के पीछे करेगा। मर्द जात का कोई भरोसा नहीं...कितने तो दो-दो रख भी लेते हैं और किसी को पता भी लगने नहीं देते और जब तक पता चलता है, तब तक बहुत देर हो जाती है।"

"तो तुम्हारा कहना है कि मैं अपनी सौतन को स्वीकार कर लूं?"

"मैंने ऐसा नहीं कहा। पेट से जरूर तुझे वह बांझ कह दे, मगर दिमाग से तो नहीं हुई। बस जब वह उसे लेकर आये, तो प्यार जताना...बच्चा लेने के बाद उसे घर से निकाल देना।"

ब्याह के बाद बच्चा होने पर उसे 'कैसे घर से निकाल दिया जाएगा। अगर वह न गयी तब?"

"उसकी चिंता तुम मत करो। जो लेकर आएगा वही निकालेगा।"

धीरे-धीरे यह बात चार दिवारी से फुदक कर गैस भरे बैलून की तरह जहां-

तहां पहुंच गयी थी। बहुत-सी स्त्रियां उसे कोट का दरवाजा खटखटाने के लिए कहती थीं। मगर घर के लोग ही इस बात के खिलाफ थे। इस तरह कोर्ट में घर की इज्जत को उछालना कौन सी अच्छी बात है? बहनें भी उसे यही समझातीं कि कोर्ट में यह कहना कौन सा अच्छी बात होगी कि तुम से कोई औलाद नहीं हुई है। कोर्ट उस सच तक भी पहुंच सकता है, जब तुम कुंवारी ही मां बन गयी थीं। फिर अगर बात तलाक में आ गयी, तब क्या कर लेंगे हम सब? अंत तक कलावती ने गुस्से में इतना ही किया कि मर्द जात को खूब गालियां बकने लगी। इसके सिवा वह कर भी क्या सकती थी? कहते हैं कि कलावती की सबसे बड़ी मजबूरी यह थी कि उसके पिता काफी बीमार रहते थे। गरीब किसान के पास तीन बेटियों के विवाह के बाद बचा ही क्या रह सकता था? रूप सिंह ही उनके दवा-दारू के लिये पैसे देते थे। वह पिता से बहुत प्यार करती थी।

अब कलावती उस गोरिल्ला जैसी हो गयी, जो ऊपर से तो शांत दिखता है, मगर अन्दर से खतरनाक होता है।

काशीपुर की कम्पनी के मैनेजर ने दो चार सवाल कर इतना कहा कि झाड़ू वगैरह लगाना पड़ सकता है। मशीनो में कपड़ा-लता लगाना पड़ सकता है। मगर अंदर जब कम्पनी में काम पर लगा, तो मशीन पर कपड़ा लगाना ही नहीं रह गया, वह खूद एक मशीन बन गया। उसे एक जेनेटर रूम में काम पर लगाया गया, जहां उसे जेनेटर चलते वक्त डीजल ड्राम से एक ऊपर के ड्राम में तेल भरना था। जेनेटर अपने रफ्तार से चलता रहता और इंदर अपनी रफ्तार से चलता रहता। वह पम्प की हैंडिल को पकड़ कर लगातार घुमाता रहता और ऊपर रखे टैंक में तेल भरता रहता। जितनी रफ्तार से वह तेल भरता रहता, उतनी रफ्तार से ऊपर का टैंक का तेल भी खत्म होता रहता। वह समझ नहीं पा रहा था—बिजली जेनेटर पैदा कर रहा है या वह खुद जेनेटर बन बिजली पैदा कर रहा है। जैसे जेनेटर गर्म हो ताप फेंकता है, ठीक वैसे ही इंदर का शरीर भी गर्म हो ताप फेंकता रहता था। उसकी हथेलियां लाल हो जाती थीं। करीब हर रोज जेनेटर पांच-छह घंटे चलता था। अर्थात हर दिन इतने घंटे बिजली नहीं रहती थी प्लांट में।

हर शाम घर पहुंचते-पहुंचते वह इतना थक जाता कि उसे कुछ होश नहीं

रहता था। उसे घर जाते ही नींद आने लगती। वह बेहोश सा हो सो जाता। जब वह गहरी नींद में होता, तो मां उसके हाथ-पैर दबाती रहती। इंदर बस किसी तरह खाना खने के लिये उठता। वह भी मां के कितनी आवाज लगाने के बाद वह किसी तरह उठता और फिर खाना खा सो जाता था।

कम्पनी में एक महीने ही काम करते वह इतना थक गया था कि वह सब कुछ छोड-छाड़ गांव वापस चला जाना चाहता था। मगर ऐसा सोचना आसान था, करना बहुत मुश्किल था। आज की ही तरह 2015-2016 में जो समस्या कम्पनी के अस्थाई कर्मचारियों की है, वही समस्या उन दिनों भी थी। चाहे टैक्नोलाजी ने कितना ही विकास किया हो। उन दिनो जब मशीनें कम थीं, लोगों को ज्यादा मेहनत करनी पड़ती थी, पर रोजगार कम थे। मगर उन दिनों भी अस्थाई कर्मचारियों को बहुत कम पैसे मिलते थे। सो उन दिनो भी कम्पनियों में लोग अपने हक के लिये लड़ाई लड़ रहे थे। कम्पनी के कर्मचारियों की कोई भी डिमांड पूरी नहीं की जा रही थी। मजदूर यूनियन कल्याण समिति मजदूरों को असवासन देती और फिर नेतागण कम्पनी के मालिक से पैसा खा चुप हो जाते। इस तरह करीब सात-आठ साल से कर्मचारियों को बस आसवासन ही मिल रहा था। आखिर कार सभी कर्मचारी भारतीय मजदूर संग के साथ जाकर मिल गये। करीब सभी कर्मचारियों ने चंदा कर दो लाख रुपये भारतीय मजदूर संग को दे दिया था। मगर कम्पनी के अंदर की कल्याण समिति के नेताओं को यह बात नगवार गुजरी। एक दिन सभी कम्पनी के कर्मचारियों और मजदूर संग के नेताओं के बीच लड़ाई हो गयी। फिर कल्याण समिति के सभी नेता कार्यकरताओं की खुब पिटाई हुई। कुछ को तो दौड़ा-दौड़ा कर मारा गया। बवाल यहां तक बड़ गया कि पुलिस को आना पड़ा और कई मजदूर संघ कई नेताओं और कर्मचारियों को जेल ले जाया जाने लगा।

लगे हाथ कुछ दिनो में यह खबर फैल गई कि कम्पनी में हमेशा के लिए ताला लग जाएगा। कुछ कर्मचारियों ने इस बात को भांप लिया और वहां से जाने लगे। इंदर का मित्र ब्रिजेश और मामा भी वहां से लुधियाना जाने लगे, क्योंकि ब्रिजेश का चाचा लुधियाना में किसी फैक्ट्री में काम कर रहा था। सो उसने लुधियाना जाने की पूरी तैयारी कर ली थी। पर ब्रिजेश भी अकेला जाना चाहता

नहीं था। वह इंदर को भी साथ ले जाना चाहता था। इंदर भी गांव वापस नहीं जाना चाहता था क्योंकि इंदर की मां की हालत दिन पर दिन खराब होती जा रही थी।

दीपा ने सोलह साल की उम्र की दहलीज को पार कर लिया था। मां की नजरो में जवान हो गयी थी, पर उससे ज्यादा कहीं वह गांव की औरतो बुर्जुगो के नजरो में विवाह योग्य हो गयी थी। ईजा को तो किसी के जन्म की तारीख तो याद नहीं थी पर वर्ष और मौसम याद था। ईजा कहती थी, दीपा का जन्म बरसात में हुआ था। उस दिन खूब बारिश हुई थी। पहाड़ों के कई इलाकों में पानी भर गया था। नदियों का पानी भी उफान पर आ गया था। अगर एक दिन और बारिश होती तो बाढ़ आने की पूरी सम्भावना थी। दीपा के सीने में गोल-गोल छातियां उभर आई थी। कमर चौड़ी हो गई थी। ईजा को यह सब देख लगता था कि उसकी बेटी जवान हो गयी है, पर ऐसा भी नहीं था कि ईजा उसे जल्दी से घर से कही भेज देने को उतावली थी। वह भाई-बहनो को देख कर खुश होती थी क्योंकि जीवन के कई कष्टो को सहते हुए उसने सब बच्चो को पाल-पोस कर बड़ा कर दिया था। दीपा को देख कर गांव के और गांव के आस-पास के लोग ईजा से उसकी शादी जल्दी करने की बात कर कहते थे। ईजा ने गांव में कुछ लोगों से दीपा के लिए दूल्हा ढूंढने को कह रखा था। उसी में एक कमली और इकबाल भी था। दरअसल दो महीने पहले कमली और इकबाल गांव आये थे। उसी बीच ईजा की मुलाकात कमली और इकबाल से हुई थी। मां ने कमली से भी दीपा के बारे में कह दिया था। उसी दिन ही तो इकबाल के मन में यह बात घर कर गयी थी कि वह इसके बारे में रूप सिंह से बात करेगा।

उन दिनों दीपा के भाई बहन पहाड़ के प्राइमरी स्कूल में पढ़ने जाते थे। वह सब दस बजे के करीब झोले में किताबे ले निकल जाया करते थे। दीपा सुबह अपनी दैनिक गतिविधियां निबटाने में फुर्ती से जुट जाया करती थी। इन गतिविधियों में गाय, बकरी के सानी-भूसे दुध दूहना तक था। सही मायने में इंदर के जाने के बाद दीपा का मन किसी काम में ठीक से लगता ही नहीं था। उसे अक्सर इंदर की याद आती थी। उसके साथ घूमना-फिरना याद आता था। उसका चूमना-चाटना याद आता था। उसका शिकार करना याद आता था। बहुत कुछ याद आता था। जाड़ो का मौसम था। अपनी उदासी दूर करने के लिए ही दीपा

सुबह अपनी दैनिक गतिविधियां निबटाने के बाद पशुओं को लेकर चली जाती थी। जाड़ों में जंगल में कई जगह हरे-हरे बेर के फल लग जाते थे। बकरियां आस-पास ही हरी घास चरती रहती थीं। वह सब धूप में बैठ बेर खाया करती थीं। अपनी बकरियों मेमनों से बतियाती रहती थी। वह इंदर के इतजार में बेचैन थी। अपने दिल को मेमनो से बात कर शांत करती रहती थी। वह कहती, ये सोजी कानो, एक बात तो बता, क्या इंदर को मेरी याद आती होगी?"

मेमने एक साथ में...में...करते। दीपा हंस पड़ती—"अच्छा तो वह मुझे बहुत याद करता है। अच्छा तो एक बात और बताओ, एक महीना हो गया अब तक आया क्यों नहीं?"

फिर मैमने में...में...करते। दीपा कहती जल्द आ जाएगा? सब झूठ कहते हो।"

दीपा ने मेमनों की मां झूली से कहा, "देख ले तेरे बच्चे कितने झूठ बोलते है?"

बकरी झोली ने में...में...किया।

दीपा, अरे वाह अपने बच्चों की तरफ दारी कर रही हो। वह सच में मुझे बहलाता होगा।

ना जाने कितनी बार इसी तरह दीपा बैठ अपने मेमनों से बतियाती रहती और खुद के बेचैन दिल को शांत करती रहती।

एक दिन ईजा से इकबाल और कमली रिश्ते की बात करने आये थे। इकबाल ने रूप सिंह की सम्पत्ति बैंक बैलेन्स, जमीन-जायदाद का ब्यौरा देकर चला गया था। वैसे भी इकबाल को दीपा के गांव में सब साहब कह कर पुकारते थे। वह जब भी गांव में आता था, सभी उसकी बहुत इज्जत करते थे। क्योंकि वह गांव में सब पर प्रेम लुटाता था। बच्चों के लिए चॉकलेट, टॉफी लेकर आता था। गांव के जवान-बुर्जुगों के लिए पेटी भर शराब लेकर आता था। उसने कमली की मां को खूब पैसे देकर उसकी जिन्दगी बदल दी थी। कमली के भाईयों को भी पढ़ा कर उन्हें शहर में प्राइवेट नौकरी में लगा दिया था, मगर जो सामने दिख रहा था, उसके पीछे का सच एकदम अलग-अलग था। गांव में कमली को लेकर भी कई चर्चाएं थीं, खास कर लड़कियों और महिलाओं

में। यह बात किसी और ने नहीं खुद कमली ने कईयों को बतायी थी कि ब्याह के बाद इकबाल कमली को कुछ समय के लिए उसने अपने गांव आजमगढ़ छोड़ आया था। क्योंकि उसकी मां की तबीयत खराब हो गयी थी। उसका जेठ इरफान उस पर गंदी नजर रखता था। हमेशा उसकी नजर से लार टपकती रहती थी। जेठ तो जेठ गांव के कई लौन्डे भी उसे इसी निगाह से देखते थे। एक बार रात के वक्त, जिसे आप डिनर कहते हैं उस वक्त इरफान ने अपनी सोच को अंजाम तक ले जाने के लिए उसका हाथ पकड़ लिया था। तभी कमली ने उसे तड़ाक से जबाव दिया था, "रिश्ते में मैं आप की भाभी लगती हूं। भाभी मां के समान होती है। कुछ तो रिश्ते का लिहाज कीजिए। कोई और नहीं तो अल्लाह देख रहा है....।" दूसरे दिन सबेरे ही उसने इकबाल को फोन किया कि आप मुझे यहां से ले जाइये, वरना मैं यहा से खुद ट्रेन पकड़ लूंगी। इकबाल उसी दिन ट्रेन पकड़ गांव आया। मगर पति के आने के बाद उसने कोई बवाल नहीं किया। क्योंकि वह यह अच्छी तरह जानती थी, कि आखिर में लोग उसे ही बदचलन कहेंगे। उसने अपने पति से सिर्फ इतना कहा, "आप खुद वहां बैठे हैं, मुझे यहां नौकरों जैसा छोड़ चले गये हैं...।" इकबाल भी इतने प्यार से थोड़े ही ले जाने वाला था। खूब तू-तू मैं-मैं हुई। फिर जाकर वह उसे वापस ले आया था। मगर यहां भी वह पहले ही खुश थोड़े थी। यहां भी इकबाल हर दिन दारू-शराब पीने पिलाने में मस्त रहता था। आखिर यहां भी उसे गंदी निगाहों ने नहीं छोड़ा था। दरअसल उसकी सुन्दरता ही उसकी दुश्मन हो गयी थी। आप शायद सोचते होगे, जब कमली अपने ब्याह से इतनी नाखुश थी, तो वह दीपा का पटनी ब्याह क्यों करवा रही थी? दरअसल उसने ईजा को अकेले में समझाया था—दीदी आप इस तरह उसका ब्याह एक अधेड़ उम्र के इंसान से ना करे। मगर ईजा पैसों की लालच से भर गयी थी। ईजा को लगा, वह इन पैसो से अपने लड़कों का भविष्य बना पाएगी। और वह कौन सा पहले-पहल कर रही है...पहाड़ में तो कितनी लड़कियों का इस तरह ब्याह हुआ है। एक दिन दीपा शाम के वक्त घर में रोटियां सेंक रही थी। अक्सर जाड़ों में ईजा चूल्हे के पास बैठ जाया करती थी और चूल्हे में लकड़ी डाला करती थी। अर्थात ईजा काम में हाथ भी बटा देती थी और आग भी ताप लेती थी, लेकिन उस दिन ईजा सिर्फ लकडियां डालने या

आग सेंकने के लिए नहीं बैठी थी। ईजा ने दीपा से कहा, "बेटा तेरे लिए शहर से एक रिश्ता आया है।" दीपा चुप रही क्योंकि अभी तक उसके मन में शादी ब्याह को लेकर कोई विचार नहीं आया था। फिर वह इंदर से प्यार करती है।। मां ने फिर कहना शुरू किया, "बहुत बड़े लोग है। धन-सम्पत्ति किसी भी तरह की कमी नहीं है। बस कोई औलाद नहीं है।" दीपा सुन कर आश्चर्यचकित रह गयी। कोई औलाद नहीं है! इससे पहले की दीपा कुछ कहती, ईजा ने साफ-साफ कहना शुरू कर दिया था, "बेटा तू राज करेगी। उसके पास बड़ा मकान है, सरकारी नौकरी है, गांव में अच्छी-खासी जमीन है। पहली बीबी का क्या है? उसकी कोई संतान नहीं है। घर के एक कौने में पड़ी रहेगी। तुम्हारे दोनों भाईयों का भी भविष्य बन जाएगा। वही जाकर कही नौकरी कर लेंगे। बेटा यहां पहाड़ों में रखा क्या हैं? सिवाय गरीबी के?" दीपा मां की बात से इतना समझ गयी थी कि यह शादी नहीं, उसकी बर्बादी है। अब जैसे दीपा को काटो, तो खून नहीं।

सही मायने में ईजा की तो इतनी शराफत थी कि उसने दीपा को इतनी बात बता दी थी। वरना वह चाहती तो कुछ ना कह सीधे-सीधे दीपा को रूप सिंह को सौंप देती। ऐसे मामलों में यही होता है। लड़की से उसकी राय नहीं पूछी जाती, जिबह होने वाले मुर्गे या बकरे से उसकी अंतिम इच्छा नहीं पूछी जाती।

उस दिन उसे इंदर की बहुत याद आयी। वह अगले दिन सुबह अपने पशुओ को बिना सानी-पानी दिये, पहाड़ की ऊंचाई पर चली गयी और वहां से वह इंदर के गांव की तरफ ताकने लगी। ताकती रही, ताकती रही...ऊचाई से उसे कई गांव दिखाई दिये। गांव के छोटे-छोटे घर दिखाई दिये। चारों तरफ फैला कोहरा दिखाई दिया और कुछ भी नहीं दिखाई दिया। कोई उम्मीद नहीं दिखी, न उम्मीद की किरण...। वह वहां से भागती हुई नदी किनारे गयी। बस वहां सूनसान और बहते जल की आवाज के सिवा कुछ नहीं था। जिधर धारा थी, जल उधर जा रहा था। वह वापस नहीं लौट रहा था। वहां वह घंटे भर नदी को देखती रही।

उसके कुछ दिनों बाद ही ईजा कमली के साथ शहर गयी थी। ईजा जब वहां से लौट कर आयी थी, तो पूरी खुशी से गद्‌गद्‌ थी। इतनी खुश ईजा को दीपा ने कभी नहीं देखा था। जैसे उसके हाथ में अलादीन का चिराग लग गया

था। देखते ही देखते ईजा ने सबको कह दिया कि दीपा का रिश्ता तय हो गया है। ब्याह की तैयारियां शुरू हो गयी। ईजा को ब्याह की तैयारियों के लिए पैसे मिल गये थे। ब्याह की तारीख भी पक्की हो गयी थी। ईजा ने ब्याह के लिए गांव में सबको न्यौता भी दे दिया था। जितनी जल्दी ईजा को ब्याह की थी उतनी ही जल्दी रूप सिंह को भी था। इस वजह से ईजा को ब्याह की तैयारी करने में कोई परेशानी नहीं आयी थी। किसी गरीब माता-पिता की तरह तिनका-तिनका नहीं जोड़ना पड़ा।

गांव की स्त्रियां आ गयी थीं। गणेश पूजन सें पहले दीपा को स्नान कराया गया। गांव की सभी स्त्रियों ने दीपा के शरीर में दूब से पीली हल्दी-सरसों का लेप बारी-बारी से लगाया था। स्नान के बाद गणेश पूजन हुआ। किसी भी खुशी और शुभ काम के पहले गणेश पूजा होती है, मगर क्या यह शुभ और खुशी की पूजा हो रही थी। पूजन के बाद प्रथम मंगलाचार के गीत गांव के स्त्रियों के साथ गाये जाने लगे थे।

दैणा हुआ मेरे गौरी की गणेशाय हो
दैणा हुआ पंचनाम देवा हो।
दैणा हुआ मेरे गौरी के गणेशाय हो
दैणा हुआ नाथ के नरैणा हो।

फिर ईजा ने गांव की स्त्रियों के साथ दीपा की कलाइयों में कंगन पहना दिये थे। जैसे शिकार को पकड़ने के लिए चारा तैयार किया जाता है, उसी तरह दीपा को तैयार किया गया था। इधर दीपा के घर तो ब्याह के तमाम रस्म हो रहे थे मगर रूप सिंह के यहां ब्याह की ऐसी कोई तैयारी नहीं थी। उसके घर तो मातम सा छाया हुआ था।

अगले दिन की सुबह थी। वह दीपा की अब तक की सबसे अलग सुबह थी। उसकी बकरीयों, मेमनों की जगह गांव के लोगों की भीड़ थी। वही सब शुरू हो गया था। स्नान कराना, हल्दी सरसो का उबटन लगाना। फिर गांव की स्त्रियों ने दूसरा मंगलाचार गीत गाना शुरू कर दिया था।

सुआ रे सुआ वाररश्रामी सुआ।
जा सुभा नगरी में न्यौता दिया।

सुआ रे सुआ हारक्शामी सुआ।
सभी देवों को न्यौता दिया।

गांव के लोग बारात की तैयारियों में लग गये थे।

बारात भी आ गयी। जैसे ही गांव के पहाड़ के ऊपर गाड़ी खड़ी हुई कि गांव के बच्चे गाड़ी देखने लगे। उनके लिए कार देखना पहली बार था। पहाड़ के जंगलों के बीच बसे इस गांव में किसी के पास साईकिल भी नहीं थी, तो कार मोटर साँइकिल तो दूर की बात थी। बच्चे तो कार की टायर से लेकर हैड लाईट तक देख रहे थे। बच्चे आपस में बात कर रहे थे—कितनी बड़ी-बड़ी आंखें इसकी। कुछ ऐसी बुजुर्ग महिला जो अपने जीवन में पहाड़ के बाहर कभी गयी ही नहीं वह भी गाड़ी को देख रही थी। कुल मिलाकर बारात में सिर्फ पांच-छह लोग ही आये थे। यह सब देखकर सारे हैरान रह गये। वैसे तो रूप सिंह चाहता तो था कि उसके ब्याह में लोगों का विशाल झुंड चले, मगर उसे इस बात को लोगों को बताने में शर्म भी जो आ गयी थी। इस वजह से रूप सिंह ने अपने खास दोस्तो को ही यह बात बताई थी, उसमें भी कितनो ने आना अपनी बेइज्जती समझी थी। चार लोग ऐसे आये थे जैसे खरीदार हो। बच्चे पैदा करने की मशीन खरीदने आये हों।

रिबन कटाई के वक्त दीपा की सहेलियों ने रूप सिंह को देखकर मुंह बिचका लिया था। उन्हें लगा था कि जैसे हमारी दीपा खूबसूरत है, उसका पति भी गबरू जवान होगा। सहेलियों ने मुंह बना गीत गाना शुरू किया।

कहा पर धनुप रखे कहा पर निशाना
छोरी सी वनी पर वन्ना है दिवाना
विछुआ जो लापा वनना वो भी है पुराना
पहनेगी वहनी मेरी देखेगी जमाना।

दीपा की सहेलियां उसके पास दौड़ती हुई आयी थी। उस वक्त दीपा कमरे में चुपचाप बैठी हुई थी। सबने आकर एक साथ ही कहना शुरू किया, "दीपा तेरा दूल्हा तो बूढ़ा है। तेरा ब्याह तो किसी बूढे के साथ होने जा रहा है। हम सब तो देखते ही हैरान रह गये। उसके तो शरीर में ना ही उबटन लगा है, ना ही हाथो में कोई मेंहदी है। हम लोगों को तो यह पूरी साजिश लगती है।"

दीपा चुप रही, मगर वह अन्दर से एकदम खोल गयी थी, क्योंकि वह सोच नहीं पाई की आखिर मां ने उसे कैसे पसन्द किया होगा। मां ने तो उससे इतना कहा था कि उसकी पत्नी है मगर उसकी कोई औलाद नहीं हुई। मगर यह दीपा ने कभी सोचा भी नहीं की उसकी उम्र कितनी होगी।

कुछ समय बाद ही मां पसीने से तर दीपा के पास आयी। उसे फेरों के लिए ले जाने के लिए। दीपा उन्हें देखते ही गुस्से में आ गयी। हाथ से कंगन निकाल फेंक दिये और सिर से चून्नी उतार के फेंक दिया। यह सब देख के साथ आई औरते लड़कियां हैरान रह गयीं। समझदार औरतें यह सब देख फट से कहने लगी कि किसी बुरी चीज का साया पड़ गया है। ईजा को भी यही लगा था। उसने तत्काल ही किसी झाड-फूंक वाले को बुलाने के लिए किसी को कहा। कुछ औरते तो फटाफट हनुमान चालीसा पढ़ने लगी, ताकी बुरी साया किसी और पर ना पड़ जाये।

मगर तभी दीपा के चाचा ताऊ आ गये। वे ईजा को अकेले दूसरे रूम में लेकर चले गये। वे भी ईजा से खूब नाराज हो गये थे—"तुम एक बूढ़े से अपनी लड़की का ब्याह कर रही हो। हम लोगों का भाई भले इस दुनिया में नहीं है, मगर हम सब मर नहीं गये। और हम इस तरह एक बूढ़े से दीपा का ब्याह नहीं होने देगे।"

ईजा भी गुस्से में आ गयी—"अब आये हो दीपा पर हक जताने के लिए...इतने दिन से कहां थे। कभी भी आये नहीं देखने के लिए हम कैसे जी रहे है। मेरी और भी दो लड़कियां है। और फिर क्या रखा है इस पहाड़ में गरीबी और दुख के सिवा। कम से कम वहां शहर में चैन की जिन्दगी तो जीऐगी। मैं बारात दरवाजे से वापस नहीं भेज सकती। ईजा यह सब इतना जोर-जोर से कह रही थी की उसकी आवाज दूसरे रूम तक भी आ रही थी। दीपा ने ईजा की सारी बात सुन ली थी। बाकि सारी औरते हनुमान चालीसा पढ़ने में लगी हुई थी। अपने बचाव के सिवा उन्हें कुछ भी होश नहीं था। दीपा ने बाहर झांककर देखा, उसके दोनों छोटे भाई और दोनों बहने भी ब्याह की तैयारियों में लगी है, जो जैसा कह रहे थे, वह ऐसा करते जा रहे थे। सही मायने में उन्हें ब्याह के बारे में कुछ नहीं पता था। तभी दीपा ने मन नहीं मन तय किया कि अगर मेरे चले

जाने से ही सबकी भलाई है, तो मुझे चले ही जाना चाहिये। तब तक जाड़-फूंक वाला भी आ गया। वह आते ही उसके ऊपर तन्त्र विधा अजमाने लगा। दीपा ने चुपचाप अपनी चुन्नी उठा, अपने सिर पर रख लिया। हाथों में चूड़ियां चढ़ाने लगी। यह सब देख, औरतें एक-दूसरे को कहने लगीं—बुरी साया चली गयी। औरते जाड-फूंक वाले के चरन छूने लगी। फिर औरते दौड़ते हुए दीपा की ईजा को बोलाने चली गयीं। दीपा को तैयार देख ईजा खुशी से जैसे पागल हो गयी।

पहाड़ में लड़के वालो के साथ ही एक पंडित भी आता है, जो फेरो के पहले लड़का और लड़की के परिचय कराता है। मगर उनकी तरफ से कोई पंडित भी नहीं आया था। ईजा ने इस पर भी परदा डालते हुए यह कह दिया था—इन सब को पहाड़ के रिती-रिवाज का पता नहीं है। फिर ईजा ने तत्काल एक पडित की व्यवस्था कर दी थी। तब जाकर आगे की सारी रस्में पूरी हुई। अंत तक मंडप में फेरे हो ही गये। ईजा की खुशी दुगनी हो गयी। मामला किसी तरह सलट गया।

अगले दिन सुबह, जो दीपा की पहाड़ की आखरी सुबह थी, वह मंदिर में माथा टेकने के बाद उसे विदा हुई। कुछ दूर पहाड़ के ऊपर रास्ते तक उसकी ईजा, सहेलियां कार तक छोड़ने आयी थी और उसे लम्बी-सी लाल रंग के कार में बिठा दिया। उन लोगों ने दीपा को खिड़की के पास बैठाया कहीं वह उल्टी ना कर दे क्योंकि वह पहली बार कार में सफर कर रही थी। फिर कार चल पड़ी। उबड़-खाबड़ रास्तों तथा ऊंचे-नीचे पहाड़ी रास्तों से कार अपने रफ्तार से चलती जा रही। दीपा ने अपना सिर शर्म और संकोच से नीचे झुका रखा था। वह महसूस कर रही थी कि उसका पहाड़ उससे छूटा जा रहा है। अंत तक उसे रहा नहीं गया, उसने खिड़की तरफ अपना मुंह कर लिया। खिड़की से दिख रहे थे बाहर के नजारे...पहाड़ के नीचे छोटे-छोटे गांव, छोटे-छोटे घर, बांस खपच्चियों और पत्थरो कि टाइल्स की सहायता से बने हुए...हरे-भरे चीड़-देवदार के पेड़, कुछ बच्चे बकरियां लेकर जा रहे है। कुछ औरते खेत में काम कर रही है। कुछ लड़के-लड़कियां नदी में मछली पकड़ रहे हैं। उसे वह नदी का किनारा इंदर खूब याद आये। पहाड़ से गिरती छोटी-छोटी झील। गाड़ी भागती जा रही थी... दृश्य एकाएक बदलते जा रहे थे...

दृश्य बदल गये...पहाड़ से गाड़ी मैदानी इलाके में आ गयी...। कार की रफतार पहले से कही ज्यादा हो गयी थी। घर और पहाड पीछे छूट गये हैं। चिल्ल-पो की आवाज। धूल उड़ती गाड़ियां। एक से बड़ कर एक बड़ी गाड़ियां रास्ते में दौड़ रही थी। एक के पीछे एक हार्न बजा दौड़ रही थी। बड़ी-बड़ी दुकाने दिख रही थी। हर तरफ भीड़ ही भीड़ दिख रही थी। कार के अन्दर उसका दम-सा घुटने लगा था। मगर वह डर के मारे कुछ नहीं कह पा रही थी। एकाएक गाड़ी में बैठे एक ने कहा, "यार ऐसी चला दो, अब पहाड़ में गाडी नहीं है, जो मौसम सदाबहार रहेगा। अब अपना आर्टीफिशल मौसम बना दो।" कुछ देर बाद ही सब कुछ सही हो गया।

धीरे-धीरे शाम घराने लगी थी। गाड़ी अपने रफतार से चली जा रही थी। गाड़ी में बैठे सभी लोग उबकने लगे थे। फिर जिसका जैसे घर आता गया, वह गाड़ी को रुकवा वही उतरते गये। अंत तक गाड़ी में दीपा और रूप सिंह ही रह गये थे। अंधेरी रात में गाड़ी रूप सिंह के घर के पास में आकर रुकी। गाड़ी रुक कर ड्राइवर ने कहा, ऐ लीजिए भाई साहब आप का घर आ गया। रूप सिंह ने गाड़ी से दीपा को उतरने के लिए कहा। रूप सिह ने गाड़ी से उतर कर जेब से मनी बेग निकाल कर उसे नोट थमा दिया। वह नोट ले गाड़ी लेकर चलता बना।

रूप सिंह दीपा को घर के अन्दर लेकर चले आये। बहु के आने पर जो सगुन होता है, ऐसा कुछ नहीं हुआ। घर में ना कोई मेहमान थे, ना कोई नाते रिश्तेदार। पूरे घर पर जैसे मातम छाया हुआ था। घर के बरादे में दो महिलाएं चुपचाप बैठी हुई थी। अब तक दीपा दोनों को नहीं जानती थीं। रूप सिंह ने आखिरकार दोनों का परिचय कराया था। करीब पैसठ साल की महिला की तरफ इशारा कर कहा—यह मां है। दीपा ने उनके पैर छुए। उन्होंने ने दीपा के सिर पर हाथ रख आशीर्वाद दिया। फिर एक चालीस के करीब महिला की तरफ कर कहा—घर की मालकीन कलावती है। दीपा समझ गयी, मेरी सौतन है। उसने हाथ जोड़ नमस्कार किया। उसने भी हाथ जोड़ मुस्कुराते हुए नमस्कार किया। कलावती ने भी हाथ जोड़ चेहरे पर बनावटी मुस्कुराहट लाते हुए नमस्कार किया था। दीपा को कुछ आच्छा लगा था। फिर दीपा को एक कमरे में बैठा दिया गया था। दीपा चुपचाप पूरे रूम को देखने लगी। कमरे में एक बडी-सी कांच के शो

केस के ऊपर टी.वी. था। शो केस के अन्दर रूप सिंह और कलावती की फोटो रखी हुई थी। फोटो में रूप सिंह और कलावती खुब जवान और खूबसूरत दिख रहे थे। दोनों के चेहरे में खूब प्यार और चमक दिख रही थी, जो अब कोसों दूर जा चुकी थी। पलग के पास एक लकड़ी की बनी हुई मेज थी। कमरे में अलमीरा के सिवा और कुछ नहीं था। दिवाल में एक घड़ी टंगी हुई थी। उसकी ही ध्वनि रह-रह कर सुनाई दे रही थी।

कुछ देर बाद ही सासू मां ने दीपा के लिए खाना लेकर आ गयी। उसने दीपा के सामने थाली रख कहा, "ले बेटा खाना खा ले।" थाली में खिचड़ी थी उस के ऊपर खूब देशी घी डाल रखा था। साथ में आचार रखा हुआ था। सही मायने में उसे बहुत जोरों की भूख लगी थी। वह फटाफट खाने लगी। खाकर उसने थाली सामने ही मेज पर रख दी। सासू मां फिर कुछ देर बाद आई और थाली लेकर चली गयी। कुछ देर बाद उसे उबकाई सी आने लगी थी। वह वही पलंग पर लेट गयीं। फिर उसे कब नींद आ गयी, उसे पता ही नहीं चला।

करीब रात के ग्यारह बजे होंगे। घड़ी में ग्यारह का घंटा बजा था। घंटे की आवाज से उसकी नींद खुल जा रही थी। उसे उस घड़ी के ऊपर खूब गुस्सा चढ़े जा रहा था। क्योंकि बीच-बीच में वह उसकी नींद तोड़ दे रहा था।

करीब एक बजे रूप सिंह हाथ में पानी का लौटा और एक लाल रंग की गमछी लेकर शराब के नशे में लड़खड़ाते हुए कमरे में दाखिल हुआ। थकावट के मारे दीपा अब तक सो चुकी थी। वह आते ही बाज की तरह झपटा और कपड़े और चुन्नी उतार कर कमरे में लहरा दी। वह शर्म और संकोच से सिकुड़ गयी। उसकी नींद उड़ चुकी थी। थोड़ी देर की चुम्मा-चाटी और शराब की दुर्गंध से उसका दम घुटने लगा, जबकि रूप सिंह की अंगलियां उसके पोर टटोल-टटोल कर पूरे शरीर का नाप ले रही थी। उसके अंदर झुरझुरी-सी उठी। मन खीज से भर गया, पर वह कुछ नहीं कर सकती थी क्योंकि अब तो ब्याह के पिंजड़े में वह कैद हो चुकी थी। वह मन पर बोझ लिए बर्फ सी ठण्डी पड़ी रही। उसे रौंदते हुए रूप सिंह ने दस मिनट में लहूलुहान कर दिया। अपनी चीखो को बड़ी मुश्किल से दबा पायी थी वह।

रूप सिंह जल्द ही बगल में लुढ़क कर सो गया। उसने अपने तितर-बितर

कपड़े समेटे। दाह और जलन से उसकी नींद कोसों दूर जा चूकी थी। एक तरफ शारीरिक पीड़ा से दीपा की नींद उड़ गयी थी। दूसरी तरफ कलावती सारी रात मानसिक पीड़ा से सो नहीं सकी। वह रात भर टहलती रही। दीपा को भी लग रहा था कि कोई बाहर टहल रहा है। रूप सिंह बेखबर सोया रहा।

सुबह गाड़ियों और फैक्ट्रेरियों की सायरन की आवाज सुनाई देने लगी थी। पहाड़ के सुबह से एक अलग सुबह...! पहाड़ में अनगीनत हरे पीले पत्ते वाले पेडो पर ढेरों-ढेरों चिड़ियों की चहचहाहट से सुबह के वातावरण को ताजगी उमंग भर देती है। सुबह की धूप पहले पहाड़ों को छूती है। फिर धीरे-धीरे उतरती हुई पौड़ी एकेश्वर गांव में दस्तक देती है। सूरज की किरणे पड़ते ही कुनमुनाता गांव सुस्ती छोड़कर अपनी दैनिक गतिविधियां निबटाने जुट जाता हैं। दीपा को उसकी बकरियां बुलाया करती जंगल जाने के लिए। वह अपनी बकरियों के मेमनो के बारे सोचने लगी। आज उन सब को कौन सानी-भूसे डालेगा? रूप सिंह उठा। उसे बगल में बैठे देख बोला—"अरे तुम कब उठी? जाओ उठ कर मुंह धो लो। ब्रुश वगैरह सब लाकर रखा है मैंने।" जैसे रात में कुछ हुआ ही ना हो, वह इतना इत्मीनान और निश्चिंत था। उसने मां को अवाज लगायी। सासू मां उसे बाथरूम लेकर चली गयीं। उन्होंने उसे ब्रुश और पेस्ट हाथ में थमा दिया और उसे नहा लेने के लिए कहा। बाथरूम के अन्दर चारों ओर उसने नजरें घुमायी। रंग-बिरंगे टाइल्स लगी हुई हैं। दीवाल के ऊपर स्टील का शावर...। उसने शावर को खोला...उसके बदन पर पानी की वर्षा शुरू हो गयी। उसे अच्छा लगा। उसने सोचा, मुझे मान लेना पड़ेगा की यह झरना पहाड़ के ऊपर से गिर रहा है। बस फर्क इतना तो होगा पहाड़ के नीचे झरने में कपड़े पहन कर नहाया करती थी, यहां नंगे बदन नहाने से कोई फर्क नहीं पड़ने वाला। उसने बदन के सारे कपड़े उतार दिये। वह अपने बदन को निहारती है। कल के और आज के बदन में बहुत फर्क दिखाई देता है। अब यह बदन उसका नहीं, किसी और का हो गया है। मुलायम और गौरा बदन कई जगह लाल-लाल धब्बे पड़ गये हैं। अब हर रात इस बदन का यही हाल होगा। वह शावर चालू कर उसके नीचे खड़ी हो जाती है। शावर चलता जा रहा था। बाहर बैठी सासू मां शावर की आवाज सुनती रही। करीब बीस मिनट यूं ही बीत गये तो मां ने आवाज लगाया "बेटा

स्नान हुआ नहीं क्या अभी तक?" उसने अचानक से शावर बन्द कर दिया था। मां को पहले ऐसा लग रहा था कि शावर का नल खराब तो नहीं हो गया है।

वह झटपट कपड़े पहन बाहर आ गयी। कलावती रसोई में मन ही मन बड़बड़ाती रही थी—पहाड़न है, शावर तो पहली बार देखा होगा।

थोड़ी देर बाद मां उसके लिए नाश्ता लेकर आयी।

कलावती नहाने के लिए जैसे ही बाथरूम का दरवाजा खोल कर घुसी, चीख पड़ी—"मां उसे कह दीजिए, अपने कपड़े धोकर निकला करे। उसके नौकर यहां धोने नहीं आएंगे।' दौड़ती हुई अयी मां चुपचाप सुन कर चली गयी। मां को यह बात पता है किस तरह किसे समझाना है।

रूप सिंह के डयूटी जाने के बाद मां दीपा के पास गयी। पहले वह इधर-उधर की बाते करती रही, फिर उसे घर के तौर तरीके के बारे में बताने लगी। दीपा चुपचाप सुनती रही। अगले दिन दीपा सब कुछ वैसा ही करने लगी, जैसा मां ने समझाया था। सुबह उठ कर नहाना, फिर पूजा, फिर नाश्ता तैयार करना...वगैरह वगैरह।

महीने भर में ही दीपा घर-गृहस्थी में रम गयी। इंदर को वह याद तो करती थी, वह जानती थी, वह एक स्वप्न था जो जल्दी ही खत्म हो गया। उसे रूप सिंह के साथ रात में सोना अच्छा लगने लगा। जबकि उसकी सहेलियां और यहां पास की लड़कियां अब भी यह सोचतीं कि कैसे दीपा इस अधेड उम्र के मर्द के साथ रहती होगी। आस-पास की लड़कियां अब दीपा की सहेली बन गयी थी। दीपा उन सबसे अपना सुख-दुख साझा करती। वे लड़कियां उससे हंसी-मजाक भी करतीं। जब वे लड़कियां अपने-अपने प्रेमियों के बारे में बात करती, तो दीपा का भी मन इंदर के बारे में सोचकर मचलने लतगा, मगर यह सोचकर कि उसकी शादी हो चुकी, वह निराश हो जाती। उस कॉलोनी के कई जवान लड़के उस पर डोरे डालते, मगर दीपा ने कभी अपने को विचलित नहीं होने दिया। कुछ तो ऐसी भी लड़कियां थीं, जो रूप सिंह के पुरूषतत्व के बारे में ठिठोली करती मगर दीपा उन्हें जब रूप सिंह की रात की बात बताती, तो उनके रोंगटे खड़े हो जाते। इसका सही जबाब तो तीसरे महीने पता लग गया, जब दीपा ने एक दिन रूप सिंह से यह कहा था, आप पापा बनने वाले हैं। कितने

सालो से यह शब्द सुनने के लिए रूप सिंह के कान तरस रहे थे। वह खुशी के मारे झूम उठा। बाद मैं जब यह बात कॉलोनी की लड़कियों को पता चली तो उन सबने भी दांतों तले अंगुली दबा ली।

कोख में बच्चा आने के बाद तो जैसे दीपा, दीपा ना हो घर की महारानी हो गयी। उसे किसी काम के लिए नहीं कहा जाता। समय पर खाना, समय पर सोना, समय पर दवाई और ना जाने क्या-क्या? सब को बस इंतजार था कि जल्द से जल्द नौ महीने गुजरें और घर में किलकारी गूंजने लगे। दीपा को मां की बात याद आयी। मां ने उसे कहा था-बेटा तू वहां राज करेगी। वह मन ही मन हंसने लगी। एक नौकरानी भी रख दी गयी थी कि दीपा अपने कपड़े खुद नहीं धोएगी। किसी भी गलती से भरी गोद सूनी ना हो जाये। रूप सिंह कोई रिस्क नहीं लेंना चाहता था।

अगले दिन से नौकरानी आ गयी और अपना काम करने लगी। दीपा खाली घर बैठे क्या करती? वह आस—पड़ोस की लडकियों के घर चली जाती। इस तरह उसे इधर-उधर घूमता देख सौतन की छाती पर दिया जलने लगता। आखिरकार एक दिन जब दीपा दोपहर बारह बजे वह छत पर जाने लगी, तो सौतन ने उसे टोका—"दीपा, तुम बहू हो घर की इस तरह कभी किसी के घर, तो कभी छत पर कॉलोनी की लड़कियों के साथ बैठना और ठहाके लगाना, तुम्हें शोभा नहीं देता है। अभी तो दो महीने का ही पेट है। अभी तुम घर के काम-काज कर सकती हो। मां बनने वाली लड़की को ज्यादा आराम नहीं करना चाहिये। इससे बच्चे की पैदाइश के समय परेशानी होगी।"

दीपा ने सिर नीचे झुका कर कहा, "नहीं दीदी, मैं तो काम करना चाहती हूं, मगर मांजी मना करती है।"

"मां भारी काम करने से मना करती हैं। घर के छोटे-मोटे काम तुम कर सकती हो।"

इतना कह सौतन ने आलू की एक टोकरी दे दी, कहा—"लो आलू छिल कर दे देना।

दीपा आलू से भरी टोकरी लेकर छत पर चली गयी। छत की दीवार से पड़ोस के घर की छत की दिवार मिलती थी। दीपा को देख छत पर पड़ोस की

लड़कियां आ गयीं। दीपा को तो आलू भी छीलना नहीं पड़ा। लड़कियों ने ही सारा कुछ कर दिया। साथ-साथ जोर-जोर के ठहाके लगते रहें। नीचे कलावती भुनभुनाती रही।

कलावती सही वक्त का इंतजार कर रही थी। कभी-कभी तो ऐसा भी होता था कि कलावती अगर अपने मायके चली जाती, तो दीपा और उसकी सहेलियों के मजे आ जाते। वह दिन भर दीपा के पास पड़ी रहतीं और साथ में खान-पीना भी होता। खान-पान का मतलब यह नहीं की वे रोटी-सब्जी खातीं बल्कि घर के बाहर ठेलों से गोल गप्पे और चाट-टिकी वगेराह आ जाते। जिसके पैसे भी दीपा ही दिया करती। उस वक्त तो हर एक सहेली दीपा से यही कहती काश कि ऐसी आजादी परमानेन्ट हो जाती।

दीपा के प्रेग्नेंट होने के बाद हर किसी को जल्दी थी। कही जाने की नहीं। स्वार्थ की जल्दी...पिता बनने कि जल्दी, दादी बनने की जल्दी...। सबसे ज्यादा अगर कोई जल्दबाजी में था, तो वह थी, कलावती। की कितनी जल्दी दीपा को घर से धक्के मार के बाहर निकाल दे। मगर जहां सबको जल्दी थी, वही दीपा को किसी चीज की कोई जल्दी न थी। हालत तो यहां तक थी कि छत पर जाने से भी उसे मना कर दिया गया था। कही सीढ़ियां चढते हुए पैर वगैरह ना फिसल जाये। दीपा की मां तो चाह रही थी कि उसे गांव लेकर जाये। मगर घर पर सभी ने इसका विरोध किया। दीपा की मां जब भी आती रूप सिंह उसके हाथो में खूब सारे पैसे रख देता। पैसे पाते ही दीपा की मां अपनी समधन से कहती, "दीपा तो अब आप की ही बेटी हैं। आप लोग ही इसका अच्छा-बुरा सोच सकते हैं।

वह शहर की मुख्य सड़क के पास आठ मंजिलो का बड़ा अस्पताल था। अस्पताल के नीचे कई दवाईयों की दुकानें थीं। अस्पताल के नीचे पास ही पार्किंग की खुली जगह थी। अस्पताल के आस-पास चाय और रेस्तरा। अस्पताल में हर तरह की सुविधा उपलब्ध थी। पर ऐसा नहीं था कि इस अस्पताल में सिर्फ बड़े लोग ही इलाज के लिए आते थे। अस्पताल में केबिन रूम से लेकर जनरल वार्ड तक थे। जिसकी जैसी सहूलियत होती, वह उस हिसाब से बेड ले सकता था। दीपा इसी अस्पताल में कितनी बार आयी, कोई हिसाब नहीं था। सही मायने में प्रेगनेन्ट होने के बाद से तो दीपा और अस्पताल का एक नाता सा जुड़ गया था।

आज पूरे नौ महीने पूरे होने पर उसे इसी अस्पताल में लाया गया।

सभी खुशखबरी का इंतजार करने लगे। बस जल्द से जल्द शुभ-शुभ हो जाये। अंदर बड़े ऑपरेशन से बच्चा हो रहा था। करीब एक घंटे बाद एक नर्स आयी और सबको कहा—"लक्ष्मी हुई है। बहुत सुन्दर है। बधाई। बच्ची के पापा कहां है?"

रूप सिंह की मां ने कहां, "वह आ रहे हैं।"

घर से उसकी मां-बहन-भाई सभी अस्पताल आ गये थे। बस कलावती नहीं आयी। रूप सिंह सुबह ही कम्पनी चला गया था। खबर मिलते ही वह भी कम्पनी से छुट्टी लेकर अपनी स्कूटर पर सवार हो तेजी से अस्पताल की तरफ हो लिया। अस्पताल आते ही रूप सिंह ने अपनी बच्ची को गोद में उठा लिया... फिर दोनों हाथ ऊपर आसमान की तरफ कर कहा, "हे, ईश्वर मैं आप का कैसे शुक्रिया अदा करूं...तूने मुझे पिता कहने वाला भेज दिया।"

नर्स-दाई रूप सिंह के इर्द-गिर्द मडराने लगे। रूप सिंह की खुशी का ढिकाना नहीं था। उसने जी खोल कर पैसे दिये। साथ ही लड्डू के डिब्बे भी बांटा।

घर पर कलावती अकेली गुमसुम-उदास-सी बैठी थी। बस यही सोच रही थी कि जो खुशी दीपा ने आज रूप सिंह को दी है, वह मैं नहीं दे पायी।

करीब चौदह दिन तक दीपा अस्पताल में रहीं। इस बीच कई नाते-रिश्तेदार, मित्र अस्पताल आये। दीपा और रूप सिंह को बधाई देकर जाते। इसमें वे नाते-रिश्तेदार भी शामिल थे, जो रूप सिंह की दूसरी शादी में जाना अपनी शर्मिन्दगी और अपना अपमान समझे थे।

पन्द्रहवें दिन दीपा और बेटी को घर लाया गया। उस दिन घर आते ही रूप सिंह ने खुशी के आंसू बहाते हुए बच्ची को कलावती के गोद में दिया, तो अवसाद का वह टुकड़ा जिसे वह कई महीनों चुभला रही थी, वह नदारद था। उसे मातृत्व का एहसास हुआ। उसने उसी दिन दीपा से यह कहा, "यह बच्ची तुम मुझे गोद दे दो। मैं इसे पालूंगी।"

दीपा क्या बोलती...उसने बस इतना ही कह, "आप ही इसकी बड़ी मां है। उस दिन रूप सिंह और मांजी को कुछ पल के लिए लगा की सब कुछ ठीक हो गया है।

अब बच्ची कलावती के गोद में ही रहती। अगर दीपा के पास जाती भी, तो बस दूध पीने के वक़्त ही। कलावती तो उस समय भी डिब्बे का दूध ही पिलाने की कोशिश करती, मगर मां जी को बच्ची को डिब्बे का दूध पिलाना एकदम भी पसंद नहीं था। मां जी बच्ची को दूध पिलाने दीपा के लिए पास लेकर चली जातीं। मगर बाकी सारा देख-रेख कलावती ही करती। धीरे-धीरे वह बच्ची के प्यार में इस तरह डूबती चली गयी, जैसे उसने ही उसे अपनी कोख से जन्म दिया हो।

करीब 21 दिनों बाद घर में बच्ची का नाम करण रखा गया। घर पर पंडित जी पधारे हुए थे। पंडित जी ने मां को बच्ची को गोद में लेकर बैठने के लिए कहा। कलावती ही बच्ची को गोद लिए पूजा स्थान पर बैठ गयी। इस पर पंडित जी ने कहा, "बच्ची को जन्म देने वाली मां ही गोद में लेकर बैठे।" यह लफ्ज सुनते ही कलावती का सर गुस्से से फटने लगा, मगर कलावती उठी नहीं। वह बैठी ही रही। दरअसल कलावती की उम्र और चेहरे को देखकर पडिंत जी को लगा, यह कैसे मां हो सकती है बच्ची की। फिर धीरे से दीपा कलावती के पास जाकर बैठ गयी। कलावती ने उसे पास बैठी देख बच्ची को उसके गोद में देकर उठ गयी। पंडित जी ने पूजा-अर्चना शुरू कर दी।

उस दिन बच्ची का नाम तन्नू रखा गया।

उस दिन के बाद से कलावती बच्ची को दूध पीने के लिए भी दीपा के पास नहीं जाने देती। एक रात अंतरंग क्षणों में कलावती ने रूप सिंह से कहा, "बच्चा तो आप को मिल गया। अपना खून...। आपके और मेरे बीच जो बात हुई थी, उसके मुताबिक आप ने कहा था कि बच्चा होने पर उसे वापस पहाड़ छोड़ आएंगे। अब उससे कहिए कि वह यहां से चली जाये।"

रूप सिंह को अब दीपा की आदत हो गयी थी। वह उसकी जरूरत बन चुकी थी। कलावती की बात सुनकर वह सन्न रह गया, जैसे काटो तो जैसे खून नहीं। कुछ दिन पहले रूप सिंह को लगा था कि सब कुछ ठीक हो गया है, मगर यहां तो अभी बात ही दूसरी थी। रूप सिंह ने कलावती से कहा, "यह बात सच है कि संतान हुई है, पर घर का वारिस नहीं। लड़की तो पराई धन होती है। फिलहाल तो दीपा को निकालना कोई समझदारी नहीं है।"

"बात अपनी संतान होने की थी, ना कि वारिस की। नहीं, अब मैं उसे एक

पल भी नहीं रख सकती। वह अब इस घर में किसी भी कीमत पर नहीं रहेगी।"

उस दिन रूप सिंह खामोश हो गये। मगर कलावती चुप नहीं बैठीं। कलावती ने अगले दिन दीपा से कहा, "दीपा तुम यह घर छोड़ कर जाने की तैयारी कर लो।"

दीपा के होश उड़ गये, "यह कैसे हो सकता है। मैं तो ब्याह कर आयी हूं। अब तो मैं एक बच्चे की मां भी बन गयी हूं।"

"तुम ब्याह कर नहीं खरीद कर लायी गयी थी, जैसे पहाड़ों में और लड़कियां खरीदी जाती है। तुमको अब यह घर छोड़कर जाना होगा क्योंकि तुम्हारी जरूरत खत्म हो गयी।"

दीपा खामोश हो गयी। वह रोने लगी।

मगर मां जी बीच-बचाव में आ गयी। उसने साफ कहा, दीपा अब कही नहीं जाऐगी। दीपा ने हमारे परिवार को वंश दीया है। जैसे तुम हो, वैसे दीपा भी है।"

"मेरे और रूप सिंह के बीच जो बात हुई थी, मैं उसी के अर्न्तगत सब कुछ कह रही हूं।"

"चाहे जो भी हुआ हो, यह पहले सोचना चाहिए था।

कलावती गुस्से से कमरे से निकल गयी।

उस रात रूप सिंह शराब पी कर आया और चुपचाप लेट गया।

अगले दिन सुबह कलावती बिना किसी से कुछ कहे गांव निकल गयी, जहां कभी वह दुल्हन बन कर आयी थी, रूप सिंह के साथ हर संघर्ष में हाथ बटाया था। वह गांव रहने के लिए नहीं गयी थी बल्कि अपनी लड़ाई जो वह घर में छेड़ कर आयी थी, उसकी जीत हासिल करने के लिए वह गयी थी। उसे विश्वास था कि गांव वाले उसका दु:ख समझेंगे, मदद करेंगे। पूरे गांव में पहले ही रूप सिंह के दूसरे ब्याह का खूब हो-हल्ला था। तब गांव के लोग यही सोचते थे आखिर कलावती ने रूप सिंह को कैसे ब्याह करने दिया? मगर सबने यही अनुमान लगाया की जैसे रूप सिंह बच्चा चाहता है, वैसे कलावती भी चाहती होगी। कलावती ने पूरे गांव में घूमकर पंचायत इकटठा किया। गांव की औरते भी इस पंचायत में खूब जुटी। कुंवारी लड़कियां भी अपनी मां के साथ आ गयी।

रूप सिंह को भी छोटे भाई भगवान सिंह, जो गांव में खेती-बाड़ी देखते थे के माध्यम से खबर करवाकर बुला लिया गया था। रूप सिंह और माता जी और दीपा भी आयी थी।। पंचायत में सरपंच ने रूप सिंह से पूछा, "क्या तुमने दूसरी शादी कलावती के रजामंदी से की थी?"

रूप सिंह का भी जबाव 'हां' था और कलावती का भी। मगर कलावती ने यह बात बताई कि यह शादी हम दोनों के बीच कुछ समझौते के तौर पर हुई थी। उस समझोते के अनुसार अब दीपा हमारे यहां नहीं रह सकती है।

मां जी ने कहा, "ब्याह कर बेटा उसे लाया है। उसने हमारे वंश को चलाया है। हम उसे कैसे निकाल दे?"

पंचायत ने दीपा से पूछा, क्या तुम्हारे साथ ऐसी कोई बात हुई थी कि बच्चा होने के बाद तुम यहां नहीं रहोगी।'

"नहीं, मैं ब्याह कर के आयी हूं और अगर यह मुझे नहीं चाहती, तो इन्हें पहले ही इस ब्याह को रोकना चाहिये था। पूरी पंचयात में बैठी महिलाएं दीपा को ही टकटकी नजरों से देख रही थीं। आपस में खुसुर-फुसुर कर रही थी—कितनी फूल सी है बिटिया।

कलावती ने बीच में टोकते हुए कहा, "इसे तो खरीद कर लेकर आये हैं।"

दीपा ने भी कहा, "अगर मेरी गरीब मां ने अपने बच्चो की परवरिश के लिए कुछ पैसे ले लिए, तो क्या हुआ, मगर अग्नि के पास सात फेरे लेकर ही भेजा है। जब आप के यहां लड़के वाले पैसे लेते है, तब कोई नहीं कहता कि पैसे देकर लड़का मिला है।

मां जी ने हस्तक्षेप किया, "अगर कलावती को इसके साथ नहीं रहना है, तो हम दोनों को अलग रखेंगे। मगर हम इसे निकाल नहीं सकते हैं। थाना है, कोर्ट-कचहरी है..."

पंचायत में खूब बहसा-बहसी हुई। अंत तक पंचायत ने भी यही कहा, "उस घर में वह नहीं रह सकती, इसलिए आप उन्हें कही और रखें।'

कलावती को भी पंचायत ने समझाया—"आपको भी पंचायत का फैसला मानना पड़ेगा। अब जो गलती हो गयी, उसके लिए इस लड़की को सजा देना ठीक नहीं होगा। घर में पहला आधिकार तुम्हारा ही रहेगा। जैसे तुम किसी की

बेटी हो, वैसे ही दीपा भी किसी की बेटी है।"

पंचायत ने आखिर में कहा, "रूप सिंह को दोनों को बराबर पैसे देने होगे घर चलाने के लिए।" इस बात पर ही विराम चिह्न लगा। इसे सबने मंजूर कर लिया। कलावती ने भी दिल पर पत्थर रख इस बात को मान लिया। उसके सामने चारा ही क्या था?

कहते हैं, किसी ने भी इतनी तेजी से कोई घर बनते नहीं देखा। इधर पंचायज खत्म, उधर घर बनना शुरू। उसी घर के छत पर एक घर बनना शुरू हो गया। बस समझिये, पहले दो बीवी हुई, फिर दो घर बनने लगे। जैसे-जैसे घर बन रहा था, कलावती और रूप सिंह के सम्बन्ध और भी बिगड़ते जा रहे थे। लग ही नहीं रहा था कि वह दोनों पति-पत्नी भी हैं। एक ही छत के नीचे रहने के बावजूद दोनों में बोलचाल एकदम बंद हो गयी। कलावती ने बच्ची पर अधिकार जमा लिया। वह उसे अपने पास रखती और दीपा या रूप सिंह के पास उसे जाने भी नहीं देती। अब किसी के हाथ का बना हुआ खाना नहीं खाती। वह रसोई मैं घुसती और अपने लिये दो-तीन चपातियां सेंक अंचार ले, अपने कमरे में चली जाती। अब कॉलोनी में लोग बाग तरह-तरह की बात करने लगे। कुछ तो कहने लगे, कलावती अंत तक कही कोर्ट कचहरी ना करने लगे। कुछ यह भी कहते कि कुछ भी हो, जब तक रूप सिंह है, तब तक ही दीपा इस घर में है, बाद में कलावती उसे धक्के मार कर निकाल देगी। करीब पंद्रह-बीस दिनों तक घर में बड़ी गहमागहमी रही, बड़ी जल्द ही रूप सिंह ने दीपा को ऊपर शिफ्ट कर दिया। जब की अभी ऊपर दिवाले ही खड़ी हुई थी। लिन्टर अभी खुला ही था। कुछ बर्तन और एक खाट ले वह ऊपर रहने लगी। मगर बच्ची कलावती के पास ही रह गयी। दीपा कुछ बोल बवाल बढ़ाना नहीं चाहती थी, इसलिए महटियाए रही। ना ही रूप सिंह ही कुछ बोल पा रहे थे। रूप सिंह तो चाहते ही थे कि कलावती बच्ची के साथ खुश रहे। झंगड़ा-टंटा बंद करे। मां जी गांव को निकल गयीं।

घर बन कर तैयार हो गया। रिश्ते एकदम से टूट गये। अब बस कलावती दीपा के बारे यही भुनभुनाती, सांप बन कर ऊपर बैठ गयी। पहाड़न कही की... पहाड़ की तरह सिर पर आ गयी। वह रूप सिंह से भी बात नहीं करती, दीपा

तो खैर दूर की बात थी।

एक समय उसी छत पर आकर दीपा की सहेलियां यह कहती थीं कि ऐसी आजादी परमानेन्ट मिल जाये तो मजा आ जाएगा। दीपा के लिए, वही हुआ हो जैसे। अब दीपा के पास आ कर आस-पास की लड़कियां बैठ कर खूब गप मारा करतीं। मगर उस वक्त उनके गप्प बीच एकदम चुप्पी छा जाया करती, बच्ची की रोने की आवाज आती और कलावती की आवाज उसे पुचकारते हुए चुप कराने की। बस उसी वक्त माहौल में उदासी इस तरह फैल जाती की सारे उठकर बस इतना कह कर चले जाते, "सब ठीक ठाक हो जाएगा, आप चिंता मत करें।"

कई बार दीपा छत से चुपके से बेटी तन्नू को देखने की कोशिश करती। वह बस इतना ही देख पाती कि कलावती बच्ची की पोतड़े और चड्डी बनियान सूखने के लिए पसार रही होती। वह बच्ची के लिए तड़प कर रह जाती, मगर उसकी हिम्मत नहीं होती की वह कलावती से कुछ समय लेकर बच्ची को चुम-चाट सके। छाती से लगा कर दूघ पिला सके। छाती का दूघ बस यूं ही सूख रहा था।

कई बार रूप सिंह ने भी दीपा के कई व्यवहारों से लगा कि दीपा बच्ची चाहती है। वह अक्सर रात को पिते भी थे। रोज पी कर आते और दीपा को लेकर सो जाते। जबकि उसे पहला बच्चा हुए अभी साल भर भी नहीं हुआ था। अभी टांके सूखे कुछ ही महीने हुए थे। रूप सिंह ने आस लगा रखी की इस बार तन्नू का छोटा भाई आएगा। इसके लिए वह कई टोटके भी करने लगा। उसने दीपा को करवा से पानी पीने को कहा। सुबह उठ कर जब कभी भी रूप सिंह नहाता, तो उसने दीपा को कहा कि वह तौलिया लेकर आया करे और लिंग पर नजर मारा करें।

पांचवें महीने के बाद दीपा से रूप सिंह ने सम्बन्ध बनाना बंद कर दिया था। एक रात रूप सिंह ने सोचा, अब तो कलावती का गुस्सा भी कुछ शान्त हो गया होगा और उसे रात को उसकी जरूरत महसूस हुई। वह उस रात को कलावती के पास गया और कहा, "आज तुम मेरे लिये यही खाना बना लो।" आज की रात यही सोऊंगा।"

कलावती ने कुछ नहीं कहा। भोजन बनाने के बाद परोस थाली उसके पास रख दी।

फिर अपने कमरे में सो गयी। रूप सिंह भी खाने के बाद उसके पास जा कर लेट गया। उसने उसकी छाती पर हाथ फेरने की कोशिश की। कलावती ने झट हाथ हटा दिया। रूप सिंह ने कहा, तुम मुझे इस तरह रोक नहीं सकती मैं तुम्हारा पति हूं।"

"मैं आप को कब किस काम से रोक पाई हूं। यह सब करने के लिये आप के पास है ही।"

"इसका मतलब तुम मेरे से कोई सम्बन्ध नहीं रखना चाहती हो।"

दरअसल कलावती ने बच्ची को गोद लेने के बाद तन्हाइयों से पीछा छुड़ाने के लिए, अपना सारा ध्यान बच्ची के लालन-पालन में लगा दिया था। उसे एक पल की भी फुर्सत न थी, न दिल दुखाने वाली बातें सोचने का वक्त। उसने साफ-साफ कहा, "मुझे और मेरी बेटी को दो वक्त की रोटी मिल जाये, बस मुझसे इतना ही सम्बन्ध रखिए। मैंने जीने के लिए बस अब यह सहारा ले लिया है। अब यही मेरी जिंदगी है।"

यह सुन रूप सिंह घर से बाहर निकल ऊपर चला गया। ऊपर आकर पलंग पर एक लात जोर से मार कर फिर उसी के ऊपर लेट गया। इस प्रक्रिया में दीपा की नींद टूट गयी, लेकिन वह बिना कुछ कहे चुपचाप दुबारा आंखें मूंद ली।

इन्दर लाख चाह कर भी अपनी मां को बचा नहीं पाया था। आखिर दिन भर काम करने के बाद पैसे कितने मिलते थे? उस पैसे से मां का अच्छे से इलाज होना सम्भव नहीं था। फिर जाने वाले को कौन रोक पाया है? मां की मृत्यु के बाद वह एक पल भी अब शहर नहीं रहना चाहता था। उसने सोचा, आखिर हमें पहाड़ में कुछ नहीं मिलता, तो फिर इन मैदानी इलाको में भी हमारा क्या है? हमारे पहाड़ इतने वन सम्पदा से भरे है, फिर भी हम इतने पिछड़े क्यों हैं? यह सवाल तो उसके मन में जरूर आया, मगर इसका उतर उसके मन में नहीं आया। जब वह मां इलाज के लिए दर-दर में ठोकर खा रहा था, तों एक बुजुर्ग ने उससे कहा था, "बेटा कहते हैं लक्ष्मन को बचाने के लिए हनुमान जी पहाड़ से ही संजीवनी बूटी लाये थे। मेरा मतलब की संजीवनी बूटी का पहाड़ ही उठा लाए थे। आज देखो पहाड़ में ही रहने वालों को इलाज नहीं हो पा रहा। सरकार चाहें, तो बहुत कुछ पहाड़ों से निकाल सकती है। लोगों का इलाज हो

सकता है।"

गांव आने के बाद उसने दीपा के बारे में सोचा। उसकी याद तो उसे अक्सर आती थी, उसने उससे मिलने के बारे में सोचा। उसे ऐसा लगा कि दीपा से मिलने के बाद उसका जी हल्का हो जाएगा। और वह उससे इतने समय तक दूर रहने के लिए माफी मांगेगा। ब्याह की बात कर उसे खुश कर देगा। वह उससे मिलने के लिए नदी किनारे आकर बैठ गया। काफी देर बैठा रहा। मगर दीपा नहीं आयी। वह अक्सर आने लगा। इंतजार करता और फिर निराश होकर चला जाता। एक दिन वह पहाड़ की उस चोटी के ऊपर खड़ा हुआ, जहां से दीपा का छोटा सा गांव दिखता था। वह वहां से उसके गांव तक निहारता रहा बस छोटे घरो के सिवा कुछ नहीं दिखा। उसने फैसला किया की वह उसके गांव जाकर उससे मिलेगा। एक दिन वह पहाड़ के रास्ते ढलान की तरफ उतरकर उसके गांव में चला गया। उसके घर के बारे में पूछता-पूछता वह उसके घर के पास आ गया। उसने थोड़ी दूर से देखा, एक लड़की बकरियों के साथ बैठी है। उसने हिम्मत कर उसे बुला लिया और दीपा के बारे में पूछा। उस लडकी ने उससे बिना कुछ पूछे कहा कि दीपा दीदी का तो ब्याह हो गया है। दूर शहर में। इंदर को एक पल के लिए लगा कि जैसे पहाड़ हिल गया है। वह आगे क्या कहे, क्या पूछे समझ के बाहर हो गया। लेकिन आखिरी प्रश्न तो जैसे बनता था, "वह कब आएगी कुछ बता सकती हो?" लड़की ने कहा, "पता नहीं, आती ही नहीं है।

इंदर चुपचाप वहां से निकल गया और पहाड़ के ऊपर की तरफ चढ़ने लगा, मगर उसे ऐसा लग रहा था वह पहाड़ चढ़ नहीं पा रहा है।

लेकिन ना जाने क्यों इंदर को लगता था कि एक ना एक दिन वह जरूर अपने गांव आएगी। और इस नदी किनारे जरूर आएगी। वह हर दिन शहर में लकड़ी बेचने के बाद नदी किनारे बैठ जाता है और देर तक उदास बैठा रहता...।

दीपा को दूसरी बार बडे ऑपरेशन से बच्चा हुआ। रूप सिंह को यह दूसरी लड़की हुई। नर्स ने आकर जब रूप सिंह से कहा कि मुबारक हो लक्ष्मी हुई है। रूप सिंह का मुंह गर्म पकोड़े जैसा हो गया। उसे तो अपने घर का वारिस चाहिए था। इस बार अस्पताल में ना ही उसने किसी को बख्शिश दी, ना ही

लड्डू बांटा। बस चुप-चाप छूट्टी करा कर वापस आ गया।

खैर दूसरी लड़की होने के बावजूद मित्रों ने उसे सांत्वाना दी—"रूप जी आपको भगवान लड़का भी देगा।" कुछ ऐसे मित्र जिनके दो या तीन लड़कियों के बाद लड़का हुआ, वह रूप सिंह से कहते, भाई हमने तो तीन लड़कियों के बाद राजू की शक्ल देखी। कोई कहता, मेरे घर भी बड़े पूजा-पाठ के बाद राकेश का जन्म हुआ। वह रूप सिंह को पूजा-पाठ करने की सलाह देने लगे, जैसे वह नास्तिक हो।

मगर रूप सिंह दु:खी था ही। वह दारू की बोतल खोल-खोल पीता रहा। खैर दारू पीना कोई नयी बात नहीं थी। उसका इस तरह का रवैया उसका किसी को भी अच्छा तो नहीं लग रहा था, मगर उसे कुछ कहने से सब डरते थे। मगर कुछ दिनों बाद उसका मन अपने-आप हल्का हो गया। और कुछ पीना कम कर दिया। उसकी मां ने उससे कहा, "बेटा घबरा क्यों रहे हो। कौन सी तुम्हारी उम्र निकल गयी है और कौन सी दीपा की...। कुछ दिनों बाद फिर एक बच्चा ले लेना...क्या पता भगवान तुम्हारी सुन ही ले।" खुश हो उसने एक दिन दीपा से कहा, "दीपा जाओ, तुम कुछ दिन अपने पहाड़ घूम आओ।"

दीपा ने जैसे अपना पहाड़ अपना गांव भुला ही दिया था—नहीं मुझे वहां नहीं जाना है। और कौन वहां मेरे इन्तजार में बैठा है।" पता नहीं ब्याह के बाद दीपा को किससे नफरत थी—पहाड़ से या मां से या इन दोनों से? उसे यही लगता था, पहाड़ ने क्या दिया मुझे।

"अरे वाह तुम्हारा तो अब शहर में ऐसा मन लग गया कि तुम अब पहाड़ ही नहीं जाना चाहती हो।"

दूसरी बच्ची का नाम कन्नू रखा गया था। घर पर बस बच्चो की ही किलकारी रहती। कलावती तन्नू को लेकर खुश थी और दीपा कन्नू को पा कर खुश थी। कलावती और दीपा ने तो मातृत्व का सुख पा लिया, पर बेटे की चाह में रूप सिंह अपने को ठगा-सा महसूस करता। पर ऐसा भी नहीं था कि रूप सिंह बेटीयों से प्यार नहीं करता था। कभी वह कलावती के पास जाकर तन्नू को खिलाता और कलावती से कहता, "बस अब तन्नू का छोटा भाई हो जाये। आखिर बहन राखी किसे बांधेगी?" कलावती पता नहीं उसकी बात सुनती भी

या नहीं या एक कान से सुनकर दूसरे कान से निकाल देती थी। या हो सकता है, वह मन ही मन कहती हो, हां आप के पास तो मशीन है, जो मन करे, करते रहो। जब वह कन्नू को खिलाता तो दीपा से कहता, "कन्नू तन्नू दो बहने तो हो गयी। अब इनकी रक्षा के लिए एक भाई भी तो जरूरी है। आखिर किसी भी दुख में भाई ही तो काम आएगा। हम सब तो बूढ़े हो कब ऊपर चले जाएंगे, पता ही नहीं।

यह सुन दीपा मन ही मन कहती, "हां करा लो जितने बच्चे कराने हैं। इसीलिए तो लेकर आये हो। आपने तो मजे लेकर दो बूंद अंदर डाल कर चले जाओगे। और बाद में चिड़-फाड़ तो मेरी होगी।"

ल्रेकिन यह साफ था कि रूप सिंह अपने जिद्द के पक्के थे। दुनिया में बहुत सी अच्छी और बुरी चीजे जिद्द के वजह से हुई है। अभी कन्नू ने मां का दूध छोड़ा भी नहीं था। कन्नू चार महीने की ही थी। एक बार फिर दीपा मां बनने वाली हो गयी। मगर ना जाने क्यों किसी को भी यह अटपटा नहीं लगा। और उल्टा सब रूप सिंह को बधाई और दुआएं दे रहे थे—बस भगवान तुम्हारी इस बार सुन ले। दीपा अंदर ही अंदर चिडचिडी सी हो गयी। फिर वहीं दवा-दारू में दिन बीतने लगे। करीब आठवां महीना चल रहा था। उसी दौरान का एक दिन था। रूप सिंह के कई मित्र घर आकर शराब पी रहे थे। चखने में कई उबले अंडे रखे हुए थे। उसी वक्त किसी मित्र ने कहा, "आमलेट बन जाता, तो मजा आ जाता।"

रूप सिंह ने कहा, "यार क्या बात कही, अभी अमलेट मिल जाएगा।"रूप सिंह ने आवाज लगाई, "दीपा...दीपा...। मगर कोई आवाज नहीं आयी। फिर रूप सिंह ने कहा, "दीपा...आमलेट बना कर दे जाना जरा।"

पूरी शराब खत्म हो गयी, मगर आमलेट नहीं आया। आखिरी पैग लगाते वक्त दोस्त ने कहा, "लो भाई शराब खत्म हो गई और चकना आता रह गया। सभी लड़खड़ाते हुए घर से निकल सीढ़ीयां उतरने लगे।

अभी मित्र घर से सौ कदम भी नहीं गये होगे कि रूप सिंह गुस्से से शराब के नशे में दीपा के पास गया। और उसके बाल अपनी मुठठी में जोर से पकड़ खीच कर चीखने लगा, साली...र...डी...पहाड़न। और उसके सिर के ऊपर

ही तीन-चार गुस्से जमा दिये। दीपा का दर्द के मारे बिलबिला गयी। वह अपने बालों को उसके हाथों से छुड़ाने की कोशिश करने लगी। मगर रूप सिंह और जोरो से उसके बालो को अपने मुठठी में खींचने लगा। फिर उसने उसके पैट में तीन-चार मुक्के जड़ दिये। दीपा को वही मदहोश सी हो नीचे बैठ गयी। रूप सिंह उसे छोड़ कर बाहर चला गया। कन्नू जोर-जारे से रोये जा रही थी। दर्द से बेहाल दीपा उठी और कन्नू को सीने से लगा दूध पिलाने लगी। रात किसी तरह बीती थी।

अगले दिन की सुबह-सुबह ना हो एक काली सुबह थी। सुबह दीपा का पेट का दर्द और जोरो से होने लगा था। वह कहराने लगी। रूप सिंह कब कमरे में आ कर सो गया, यह दीपा को भी नहीं पता चला इस तरह वह दीपा को छटपटाते हुए देख वह तत्काल दीपा को हस्पताल ले जाने की तैयारी करने लगा। अनन-फनन में अस्पताल लेकर भागा। उसने कन्नू को कलावती के हाथों में दे दिया।

वही अस्पताल, वही नर्स, वही डॉक्टर वही दवाइयां-सुइयां। आखिर में वही चीड़-फाड़। एक बार फिर दीपा का मां बनना...हां बस अन्तर इतना था इस बार उसने बेटी नहीं, बेटे को जन्म दिया। बेटे के साथ ही डाक्टरों ने दीपा का बच्चा ग्रन्थि को भी निकाल दिया था। क्योंकि उसके बच्चा ग्रन्थि में भारी इनफेक्शन हो चुका था।

रूप सिंह को नर्स ने आकर खुश खबरी देते हुए यह कहा, "बेटा हुआ है मुबारक हो। मगर बेटे को आई सी यू में रखा गया है।"

यह सुनते ही रूप सिंह खुश होने के बजाय और दुखी हो गया और वह डॉक्टर के पीछे भागा। डाक्टर ने कहा, बच्चे को कुछ सांस लेने में तकलीफ हो रही है। ऐसा लगता है, बच्चे को कही चोट लगी है।"

दीपा को जब होश आया। उसने देखा—बेड के ठीक सामने एक टूल रखी हुई थी। सामान रखने के लिए टूल के नीचे दो खाने बने हुए थे। टेबल के ऊपर कांच का पाट रखा हुआ था। उसके अन्दर पानी की तरह (खून अब पानी की तरह दिखने लगा था), बड़ा मांस का टुकड़ा तैर रहा था। वह देखे जा रही थी। जैसे उसके दो आंख, एक कान, रबड़ की तरह गोल-गोल होठ निकल आये

हों। वह अपने होठ गोल गोल घुमा-घुमा कर हंस रहा था। उसके चेहरे से दर्द की लकीरें हटती जा रही थी। वह अपने आपको स्वतन्त्र महसूस कर रही थी। उसके चेहरे से साफ पता चल रहा था, जैसे उसे मुक्ति मिल गयी हो।

नर्स आयी और उसे आते ही कहा, सुई लगानी है। दीपा का ध्यान टूट गया। नर्स सुई लगा जाने लगी कि दीपा ने पूछा, बच्च कहां है?

"बेटा हुआ है मुबारक मगर उसे आईसी यू में रखा गया है। तुम चिंता मत करो, ठीक होते ही आ जाएगा।"

मगर बच्चे की हालत ठीक होने की बजाए और खराब ही हो रही थी। रूप सिंह डाक्टरों से कहते, चाहे जितने भी पैसे लग जायें, मगर बेटे को कुछ नहीं होना चाहिए। मगर यह सब को पता है दुनिया की हर चीज पैसे के बुनियाद से नहीं टिकी है। कहीं-कहीं पैसा ही सब कुछ तोड़ता है, ना ही महंगी से महंगी दवाई ही काम आ रही थी, ना ही दवा। डाक्टरों ने उसे और बड़े आस्पताल में रेफर कर दिया। वहां डाक्टरों ने जी-तोड़ मेहनत करने के बाद कम से कम पन्द्रह दिनों तक बेटे को जिंदा रखा, मगर अंततः चल बसा। जैसे ही यह खबर रूप सिंह को मिली, वह अस्पताल में ही अपना सिर दीवाल से मारने लगा। चट से खून की धारा उसके सिर से टपकने लगी। स्पताल में कुछ लोगों ने उसे संभाला। उसके आंसू रुकने का नाम ही नहीं ले रहे थे। यह बात एक कान से दूसरे कान होते हुए। पहले दीपा फिर कलावती फिर मां जी, हर जगह पहुंच गयी थी। बस सबकी आंखों में आंसू और दिल में दर्द था।

सम्पत्ति का मालिक, घर का वारिस, बुढ़ापे का सहारा अब इस दुनिया में नहीं था। अब कुछ बची थी, तो सिर्फ निराशा ही निराशा। जैसे ही रूप सिंह गम में डुबा, उसने गम को डुबा दिया शराब में। वह सोचता अगर व गम को शराब में नहीं डुबाएगा, तो गम उसे डुबा देगा। ऐसा नहीं था कि रूप सिंह पहले पिता नहीं था। पहले वह पीकर खुशी में झूमता था और अब गम में पड़ा रहता था। अब उसे गम और शराब दोनों ही अंदर ही अंदर पिये जा रहे थे। वह अपनी करनी पर पछताता रहा था। कभी वह भगवान को, कभी खुद को, कभी इस समाज को गालियां देता रहता था। फिर वह अपने को हल्का महसूस करता है। वह महसूस करता, उसका शरीर हल्का हो गया है और एक जोर की हवा उसे

कही ले जा रही है। यह सब देख दीपा बहुत दुखी हो गयी थी। वह कई बार उसे समझाने की कोशिश भी करती मगर रूप सिंह उससे कहता, "क्या करना है इतने पैसों का? लड़कियों के लिए बहुत बना दिया है। दो-दो घर है, एक तुम्हारा, एक कलावती का। 50000 से ऊपर मेरी तनख्वाह है। पैसा जितना जमा होगा लड़के वले ही ले जाएंगे। फिर भी साले दान-दहेज में सौ नुक्सा निकालेंगे।

लेकिन बर्दाशत की भी हद होती है। दीपा को पता है कि उसे असली गम क्या है। उसने सोचा कि असल समस्या से आंख चुराने से अच्छा है कि उसके हल के लिए कोशिश करनी चाहिए। उसने रूप सिंह को समझाने के लिए खुद को दृढ़ किया और जाकर उससे स्पष्ट बोली—"मैं जानती हूं आपको अपने बेटे का दुख है...। मैं आगे मां नहीं बन सकती। क्यों ना हम दोनों कोई लड़का गोद ले लें ताकि आपको अपनी सम्पत्ति का वारिस मिल जाये।"

रूप सिंह एक टक दीपा को देखता ही रह गया। दीपा के चेहरे में उसे कलावती नजर आने लगी। उसे ऐसा लगा जैसे वक्त के झोंके ने उसे फिर से पीछे धकेल दिया है। वही पुराने दिन फिर से उसके सामने आकर खड़े हो गए हैं, मय अपने सवाल और संदर्भ।

भाग : दो

रूप सिंह अपने को नहीं बदल पा रहा था। वो पुत्र वियोग में जैसे जी नहीं पा रहा था। ईश्वर ने आखिर उसका पुत्र क्यों छीन लिया? आखिर छीनना ही था तो दिया ही क्यों? आखिर उसे किस बात की सज़ा मिली थी? आखिर राजा दशरथ को भी ईश्वर रूपी राम बेटे के वियोग में इसलिए दम तोड़ना पड़ा था क्योंकि उसे भी श्रवण की हत्या के लिए उसके पिता ने बेटा वियोग में मरने का श्राप दिया था। मैंने तो ऐसा कोई अपराध नहीं किया। फिर क्यों हो गया ऐसा? ईश्वर इतना कठोर क्यों हो गया मेरे प्रति?

उसे अब इस बात का भी क्रोध होता कि कलावती सुबह शाम पूजा में ही लगी रहती है। कलावती ने तो ब्याह होने के बाद सबसे पहले छत में मंदिर का ही निर्माण करवाया था। जबकि इसकी सौतन ऊपर छत पर ही रहती है उसे वह देखना तक नहीं चाहती फिर भी वह हर दिन सुबह ऊपर छत पर जाकर मंदिर में पूजा अर्चना कर के जरूर आती है। उसे भी ईश्वर पर कितना भरोसा था, डाक्टरों द्वारा प्रमाणित करने के बावजूद भी कि वह कभी मां नहीं बन सकती। उसने आखिर कितनी पूजा पाठ की, व्रत रखे। उसके बावजूद ईश्वर ने आखिर मां के सुख से वंचित ही रखा। फिर भी ईश्वर का मोह आज भी उसे कितना है? आज भी वह पूजा पाठ में ही लगी रहती है। वैसे रूप सिंह ने कही पढ़ा था। ईश्वर को जो जितना पूजता है। ईश्वर उसकी उतनी ही हर मोड़ पर परीक्षा लेता है। उसे याद है उसका एक बंगाली मित्र बैनर्जी था उसकी पत्नी मां दुर्गा और काली की भक्त थी। पति को मात्र पचास साल की उम्र में एक दोपहर लखवा मार गया। करीब साल भर के इलाज के बाद चलने फिरने लायक जरूर हो

गया। पर पहले वाली बात कहा रह गई थी। लोग बाग तो यही कहते कि पत्नी की पूजा पाठ की वजह से ही आज बनर्जी बाबू बच गए हैं। मगर मैं तो यही सोचता हूं। ईश्वर ने उसके साथ ऐसा अनर्थ किया ही क्यों?

उसके गांव में महिला रहती थी। उसके शरीर में हर रविवार माता प्रवेश करती थी। वह कोई भी सिंगार नहीं करती थी। वह चूड़ियां तक नहीं पहनती थी। लोगों का कहना था कलाइयों में चूड़ियां पहनते ही अपने आप टूट कर बिखर जाती। हर रविवार गांव से लेकर दूर दराज से लोग माता के दरबार में आते। यहां तक कि रूप सिंह की मां भी जाती रही। मेरी संतान प्राप्ति के लिए। लोग बाग अपने भविष्य के बारे में पूछते, वह सबकी अच्छी बुरी भविष्य बताती और उसे आशीर्वाद देती। रूप सिंह की मां को भी उसने कहा था, वर्तमान में जो कुछ भी जिस मानव को प्राप्त है, वह पूर्व जन्म-जन्मांतर में किए पुण्यो तथा पापों का फल है। आप राजा बने हो, यह आप का पूर्व का शुभ कर्म फल है। माता ने मां को साफ कहा था बस अब एक मार्ग है सभी पापो से मुक्ति का भक्ति मार्ग।

मगर खुद का जवान बेटा नदी में डूब कर मर गया था। उस दिन वह अपने मित्र के साथ नदी नहाने चला गया। उसे अभी तैरना अच्छी तरह आता नहीं था। नदी के किसी चक्रवात में फंस गया और उसने उसको अच्छी तरह लपेट लिया। पुलिस की बड़ी टीम गश्तखोर ने नदी पर गश्त लगा कर उसकी लाश को खोजा लाश खोजने में करीब दस घंटे का समय लग गया। जब लाश निकाली गई थी तो उसके हर शरीर के हर क्षेत्र में सिर्फ नदी का रेत ही रेत भरा पड़ा था। आखिर माता के खुद के भविष्य के साथ कितना बुरा हुआ था।

ऐसे कई सवाल थे जो उसे अन्दर ही अन्दर खाय जा रहे थे।

उसे लगता था अब पुत्र वियोग के साथ अब उसे तीन और दुख भी झेलने होंगे। पहली पत्नी दीपा का, दूसरी पत्नी कलावती का, दो बच्चियों का। दीपा ने भी उसे वही बात कही, बच्चा गोद ले लो। जो कभी कलावती ने कही थी। उस रात उसने कितना विद्रोह किया शराब का मेरे गुस्सा होने पर शेरनी सी सामने खड़ी हो गई। मारो...मारो मुझे आखिर मैं आखिर तुम्हारे किस काम कि रहा गई हूं। बच्चे तो में कर नहीं सकती। आप को तो अपना खून चाहिए। जाओ कर लो तीसरी शादी। पहाड़ में आज भी कई गरीब बेटियों के लिए दूल्हा खोजा

जा रहा है। इतना कह वह कमरे में चली गई। रूप सिंह दरवाजे कि तरफ जा कर उसे दरवाजा खोलने के लिए कहने लगा। मगर दीपा ने उस दिन दरवाजा नहीं खोला। रूप सिंह जोर जोर से दरवाजा पीटने लगा। मगर फिर भी दरवाजा नहीं खुला फिर रूप सिंह ने गालियों कि बौछार कर दी। साली रण्डी बदचलन पहड़न दरवाजा खोल, ...मगर दरवाजा नहीं खुला। सब बातों से रूप निराश हो कर बैठ गया। मुझे बच्चा ही गोद लेना होता तो फिर मैं दीपा से ब्याह ही क्यों करता? आखिर उसे रखने के लिए क्या क्या नहीं करना पड़ा? कलावती भी उसे कोसती रहेगी। बच्चियां भी बड़ी होंगी तो पता नहीं इन दोनों का भी व्यवहार कैसा होगा? आखिर दीपा ने भी बच्चा गोद लेने वाली बात बोल कर मेरे जले पर नमक छिड़क दिया। सब उसे पीने से मना कर रहे हैं। जिस चीज को करने में मुझे सुख मिल रहा है। अब उसे भी करने को सब माना कर रहे थे। कलावती अपनी बहनों को उसके इस करतूत के बारे बताती। कलावती की बहन फूलवती का ब्याह भी रूप सिंह के बड़े भाई ज्ञान सिंह से हुआ था। वह भी रूप सिंह से इस बात से नाराज़ हैं।

क्योंकि अब रूप सिंह हर शाम दारू पीता

पीने खाने वाले कई दोस्त भी बना लिए थे। ज्यादातर दोस्त दिहाड़ी मजदूर थे। जिन्हे सिर्फ नशे की आदत थी। कोई-कोई तो दारू के साथ-साथ बीड़ी सिगरेट, पान तंबाकू, गांजा तक पीते। एक दो की हालत तो फ्री की दारु पी कर सूख कर कांटे जैसी हो गई थी। वह ज्यादा समय बाहर ही रहता था। सबसे बड़ी बात वह लोगों को पैसे से भी मदद कर देता था। आखिर ऐसा याराना कहां मिलेगा। दारू भी पिलाए और साथ में जरूरत में पैसे भी मिल जाए। इस वजह से लोग उसे बहुत अच्छा कहने लगे थे। अब तो ऐसा था जिसे भी पैसों की जरूरत होती वह सबसे पहले रूप सिंह के पास आता। रूप सिंह मना ना कर पैसे दे देता था। लेने वाला खुद ही कह देता, "जल्दी लौटा दूंगा।" जब की रूप सिंह खुद से यह पूछते ही नहीं थे कब पैसे वापस करोगे। मगर रूप सिंह ने एक डायरी बना ली थी। और देने वाले का नाम और फोन नम्बर के साथ राशि डायरी में लिख लेता था। यह बात दीपा भी जानती थी। हां पैसे दीपा ही रखती थी। कोई पैसे लेने आता तो दीपा को ही आवाज लगाता था और दीपा

अलमारी से पैसे निकाल गिन कर दे देती थी। भले अलमारी की चाबी दीपा के पास होती थी पर वह कभी भी पैसे खर्च नहीं करती थी। बस वह हर बुधवार को पीठ (साप्ताहिक बाज़ार) को सब्जी लेने जाया करती थी। बस सब्ज़ियों के लिए ही पैसे निकालती थी।

दीपा कभी भी सिंगार या कपड़ों पर पैसे खर्च नहीं करती थी। ऐसा भी नहीं था कि तन ढकने के लिए वो कपड़े नहीं खरीदती थी। आप भी समझते होंगे फैशन के लिए कपड़े खरीदना और तन ढकने के लिए कपड़े खरीदने में कितना फर्क होता है। मायने में उसे सिंगार का कोई शौक था ही नहीं। सच कहा जाए तो ईश्वर ने उसे इतना खूबसरत चेहरा दिया था कि सिंगार की जरूरत ही क्या थी? ना ही कलावती ही सिंगार करती थी। वह तो इस तरह रहती थी कि जैसे कोई विधवा। बस उसने सफेद साड़ी नहीं पहनी थी। चेहरा हमेशा रूखा-रूखा सा रहता। क्या पता वह क्या सोचती थी? आखिर किसके लिए संवरना सजना है। बहन फूलवती कई बार आती तो उसके इस सूरत को देख कर खूब सुनाती। अब क्या सूरत बना कर रखती हो? कुछ तो संभालो अपने को। आखिर रूप पैसे तो देता ही है।"

फूलवती खूब सिंगार कर के आती तो उसे कहती, "देख कहीं से भी मेरी बहन लग रही हो। और अगर तू इसी तरह रूप सिंह से दूरी बनाए रखेगी। तो फिर एक दिन सारी संपति की मालकिन दीपा हो जाएगी। फिर बस तू तो दासी जैसी जिंदगी गुजारेगी।"

"यह कभी नहीं हो सकता क्योंकि नोमनी में सब जगह मेरा ही नाम दिया हुआ है। उसने तो ऑफिशियल कहीं भी इस बात को नहीं कहा है कि उसने दूसरी शादी की है। और ना ही उसने बच्चो के बारे कहीं लिखा है कि वह दो बच्चियों का पिता है।"

"मगर जो उसकी जमीन जायदाद है। उसके नाम कर सकता है।"

"अगर मैं सरकारी विभाग को बता दूं कि पहली पत्नी रहते इसने दूसरी शादी की है तो नौकरी से भी हाथ धो बैठेगा।"

"अरे ऐसा करने से तेरा ही नुकसान होगा।"

"मुझे किसी चीज की मोह माया नहीं। पत्नी होने के नाते में रूप का बुरा

नहीं देख सकती। वैसे भी वह बेटे के वियोग में उजड़ता जा रहा है। शायद उसे भगवान ने उसकी करनी की सज़ा दे दी है। मुझे और दीपा को संतान मिल गई है।"

"अरे तो किस इंसान के लिए दुख करती है जिस इंसान ने तेरे बारे में नहीं सोचा तू क्यों उसके लिए इतना सोचती है अपनी जिंदगी जी तू।"

सच भी यही था भले दीपा को कितना भी पीटता था। उसके साथ बुरा व्यवहार करता था। मगर फिर भी दीपा रूप की बहुत देखभाल करती थी। उसके जूते हर दिन पांलिश करती, कपड़े धोती और उसे स्त्री करके भी रखती थी। खाना भी उसे समय से बना कर देती थी। चूंकि रूप सिंह की शिफ्टिंग ड्यूटी थी। सुबह वाली पाली में जो कि सुबह छह बजे से शिफ्ट होती थी। दीपा रूप सिंह के सुबह उठने से पहले ही उसके लिए चाय नाश्ता तैयार कर देती थी। पांलिश किए हुए जूतों को भी एक बार ब्रुस रगड़ रूप सिंह के पैरों के पास रखती थी। इन सब कारणों की वजह से रूप सिंह कलावती के साथ कभी भी रहने की सोचता नहीं था।

सच कहा जाए तो रूप सिंह के दो चेहरे थे। दिन के समय कुछ और रात के समय कुछ और। दिन के समय वह कभी दारु नहीं पीता था। अपने ड्यूटी भी पूरी करता था सिर्फ ड्यूटी ही नहीं मिलने वाला ओवरटाइम भी वह पूरा करके ही आता था। दिन में वह किसी से ज्यादा बात भी नहीं करता था। दिन में वह सिर्फ बीड़ी ही फूंकता था वह भी बंगाली छाप बीड़ी। सच कहा जाए तो रूप सिंह गन्ने की तरह था ऊपर से कठोर और अंदर से मीठा। ठीक वैसे ही जैसे श्री राम ने लक्ष्मण के बारे में कहा था।"लक्ष्मण तुम गन्ने की तरह हो ऊपर से कठोर और अंदर से मीठे नरम।"

क्योंकि रूप सिंह अपनी बेटियों को खूब प्यार भी करता था। जब दोनों बेटियों ने पहली बार उसे पापा...पापा...कहकर पुकारा था तो रूप सिंह का हृदय खुशी से जैसे फटने लगा था। उसकी आंखें आंसुओं से भर गई थीं बस वह फूट-फूट कर रो नहीं पाया था। अपनी दोनों बेटियों की परवरिश में कोई कमी नहीं रख रहा था खाने-पीने की वस्तुओं से लेकर खिलौने और कपड़े तक की उसने घर में भरमार लगा दी थी। उसने दोनों बेटियों के नाम भी एल.आई.

सी में पैसे भी जमा कर दिए थे। और दीपा के भी नाम किया था और कलावती के भी नाम। इतना कुछ करने के बाद भी रूप सिंह शराब नहीं छोड़ पा रहा था बस यही एक कमी रह जा रही थी वह पुत्र के वियोग को भुला नहीं पा रहा था।

कुछ कॉलोनी की महिलाएं दीपा से कहती कि देखना एक वक्त आएगा जब रूप सिंह पूरा बदल जाएगा शराब दारू बीड़ी सिगरेट सब छोड़ देगा बस तू अपना प्यार उस पर इसी तरह कायम रखना।

सच तो यह था दीपा को भी अपने पुत्र के गुजर जाने का बहुत शोक था। वह भी कभी-कभी कहती कि आज अगर पुत्र होता तो घर में कितनी रौनक होती शायद रूप सारा दिन उसी को लेकर परेशान रहता उसे लेकर घूमता खेलता और मेरी भी ऐसी दशा ना होती। लेकिन जो ईश्वर ने चाहा वह तो होकर रहेगा।

पहाड़ों से कुछ वेदना से भरी हुई आवाज आती थी। दीपा...दीपा...। किसी के वियोग में जैसे कोई मरा जा रहा हो। दीपा के घर के पास कोई हर रोज आकर खड़ा हो जाता। दीपा की मां उसे भिखारी समझ हमेशा भगा दिया करती। इंदर, हां इंदर चेहरे में खूब सारी दाड़ी से भर गया था। सिर के बाल भी खूब बढ़ गए थे। देख कर ऐसा लगता था जैसे कोई सन्यासी हो। गांव के लोग मानते थे कि मां की मृत्यु के बाद इंदर विरह वेदना में पागल हो गया है। इंदर को एक साथ दो दुख मिले मां और दीपा का चले जाना। उसके लिए तो दीपा और मां तो उसके जीवन से सदा-सदा के लिए आखिर चले ही गए थे। मगर दीपा ने ब्याह के पहले क्या मेरे बारे में एक बार भी नहीं सोचा? वह यह जानना चाहता था। दीपा को लेकर कई सारे सवाल उसके मन में थे। जिसका जवाब शायद दीपा ही दे सकती थी।

वापस लौटने के बाद नदी किनारे दीपा का वह लंबे समय से इंतजार करता रहा। उस वक़्त नदी के जल की आवाज और पक्षी भी इंदर के दुख को देख कर जैसे रो रहे हो। खूब पक्षी और नदी का शोर होता। ऐसा लगता जैसे नदी और पक्षी रो रो कर सीना फाड़ रहे हो। नदी किनारे बैठना और दिन काटना। उसका किसी काम में मन नहीं लगता। ना लकड़ी काटने जाता था। ना ठीक से खाना

खाता था। वह बहुत अकेला हो चुका था। उसका मन करता था वह दीपा का पता ढूंढ उसके पास चला जाए। मगर वह यह सोच कर जा नहीं पाता कहीं इसे उसकी बसी बसाई जिंदगी ना बर्बाद हो जाए। आखिर बड़े घर में शादी हुई है। बहुत खुश होगी। उसकी खुशी में ही मेरी खुशी है। आखिर मैं भी उसे पहाड़ में क्या दे पाता? सिवा दुख के। प्रेम का तो धर्म ही यही है कि आपने जिसे प्रेम किया है वह हर दिशा में खुश रहे। वह कभी-कभी ईश्वर से प्रार्थना भी करता मेरी दीपा को हमेशा खुश रखना उसे किसी भी तरह कोई तकलीफ मत देना।

वैसे इंदर सन्यासी फकड़ी जिंदगी जीने जरूर लगा था। पर इधर वो अपना कुछ समय अंग्रेज पर्यटक अर्थात गोरे और गोरी जो पहाड़ों में घूमते रहते। वह अंग्रेजों के साथ चिलम पीता। वह अंग्रेजों को नसे के लिए गांजा जंगल से लाकर देता था। अंग्रेज उसे पैसे भी दे दिया करते। वह गाइड बनके अंग्रेजों को पहाड़ों में घुमाता रहता और पहाड़ जंगल की सुंदरता से उन्हें रूबरू कराता रहता। अंग्रेज गोरी चमड़ी उनके साथ कई बार संभोग भी कर लेती।

मगर इंदर इस की तह तक जरूर जाना चाहता था आखिर कौन सी मजबूरी रही होगी जिसकी वजह से दीपा ब्याह कर चली गई। इसी बीच इंदर की मुलाकात उसी पंडित से हुई। जिसने दीपा के फेरे करवाए थे। सारे रहस्य से पर्दा हट गया। हुआ यूं कि पंडित जी को भी नशे की आदत थी। इस वजह से वह इंदर के नजदीक आ गया। दोस्ती बड़ी। आखिर दोस्त ही दोस्त के दुख को बताता है। उसने जब दीपा का नाम जाना तो उसने पूरी कहानी उसे बता दी।

अपनी ही बेटी के साथ ऐसा किया कुछ "पैसों की लालच में बेटी को उसे दुगनी उम्र के आदमी के हाथो सौंप दिया।"

पंडित जी ने कहा, "क्या करती? तीन बेटी, दो बेटे। पिता का साया बचपन में ही उठ गया आखिर उसे भी तो अपने बच्चो की परवरिश करनी थी।"

"हम पहाड़ के लोग गरीब है तो क्या हम अपने पहाड़ की बेटियों को इस तरह किसी के भी हाथो बेच देंगे।"

"तुम तो एक दीपा को जानते हो, मैंने तो इस तरह के कई ब्याह देखे

हैं। खुद फेरे करवाए है।"

"तो फिर यह सब रुकेगा कैसे?"

"पहाड़ के नौजवानों को यह सब रोकना होगा।"

इंदर उस दिन यही सोचता रहा काश कि मैं गांव में होता। तो शायद ऐसी अनहोनी नहीं होती। मगर अब बहुत देर हो चुकी है।

ईजा का घर पहले से अच्छा हो गया था यहां अच्छा होने से मतलब था घर पूरी तरह से पक्का करवा लिया गया था। मिट्टी पत्थर का घर अब सीमेंटेड हो गया था। ईजा बहुत खुश थी। क्योंकि वह रूप सिंह से जब भी पैसे मांगती उसे मिल जाता था। जैसे किसी को तिजोरी की चाबी मिल गई हो जब चाहा ताला खोला और पैसे निकाल लिए। यूं तो रूप सिंह ब्याह के बाद कभी भी पहाड़ नहीं आया। मगर वह पहाड़ पैसे भेजता रहा। इकबाल जब भी पहाड़ जाता रूप सिंह उसके हाथो पैसे भिजवा दिया करता था। ईजा उन पैसे से घर की मरम्मत कराती थी। पूरा घर पक्का कर लिया। साथ ही साथ बच्चो का पालन भी कर रही थी। अब उसका बड़ा बेटा भंवर कमाने लायक हो गया था। भंवर छह फुट का लंबा गबरू जवान किसी विदेशी मांडल जैसा दिखता था। अगर वह काला चश्मा पहन कर शहर में चले तो अच्छी-अच्छी लड़कियां मर मिटे। बस पढ़ाई ना होने के कारण मार खा जा रहा था। कुदरत ने उसे खूब खूबसूरत बनाया था। ईजा ने इकबाल के हाथो संदेश भी भिजवा दिया था कि उसे शहर में किसी काम में लगा दिया जाय। जब भी उसे किसी चीज की जरूरत होती तो इकबाल के द्वारा वह संदेश रूप सिंह तक पहुंचा देती थी। रूप सिंह ने भी ईजा को संदेश द्वारा यह कह डाला था कि मेरे रहते हुए आपके परिवार को कोई चिंता करने की जरूरत नहीं है। सही मायने में ईजा की रूप सिंह खूब मदद किया करता था। ईजा को लगता था कि वह मेरी दोनों बेटियों का विवाह भी करवा देगा। अपने को भाग्यशाली मानती थी कि रूप सिंह जैसा दामाद मिला उसे। ईजा की दोनों बेटियां भी जवान हो गई थी। दोनों के लिए लड़का भी ढूंढ रही थी। अब वह अपनी दोनों बेटियों का ब्याह अपनी ही बिरादरी के लड़के से करना

चाहती थी। इकबाल कई बार उनकी दोनों जवान बेटियों को देखकर कहता था हमारे मुस्लिम समाज में कई लड़के हैं कहो तो कहीं रिश्ता पक्का करा दूं। पर वह इकबाल को साफ-साफ कह देती कि मुझे अपनी दोनों बेटियों का ब्याह अपनी बिरादरी में करना है दीपा का तो मैंने मजबूरी में किया था। भूख पहाड़ के नौजवानों को पहाड़ से पलायन के लिए मजबूर कर रहा था। आखिर कहा टिक पा रहे थे मुंबई, दिल्ली, गुजरात, लुधियाना देश के कोने कोने पहाड़ के नौजवान पलायन कर चुके थे।

पूर्व मुख्यमंत्री दिवंगत पंडित नारायण दत्त तिवारी ने ही हरिद्वार को सहारनपुर से अलग जिला बनाया 28 दिसंबर वर्ष 1988 को वह दिन कोई नागरिक नहीं भूल सकता है इसी दिन हरिद्वार को जिला घोषित किया गया था।

वर्ष 2003 में राज्य को 283 करोड़ का बड़ा पैकेज देने में देर नहीं लगाई हरिद्वार और पंतनगर में सिडकुल की स्थापना की सीट को लगने से हरिद्वार में रोजगार लगा और आज यह रोजगार हरिद्वार और कुमाऊं से पंतनगर तक हुआ।

सिर्फ पहाड़ी नहीं दूरदराज से आए लोगों को भी यहां रोजगार मिला। मगर फिर भी पहाड़ के लोगों की शिकायत रहेगी क्षेत्र लोगों को उस तरह की नौकरी नहीं मिली जिस तरह मिलनी चाहिए थी।

इकबाल ने एक रात दारू पीते हुए रूप सिंह को संदेशा दिया कि ईजा अपने बेटे भंवर कि यहीं हरिद्वार में नौकरी लगाने को कह रही है।

रूप सिंह जानता था कि सिडकुल में तो कई छोटी-बड़ी कंपनियां है कहीं ना कहीं तो उसे लगा दिया जाएगा। मगर वह रहेगा कहां।

उसने यह सोच लिया कि पहले उसे अपने ही घर रख लिया जाएगा और कुछ दिनों बाद कहीं किराए पर रख दिया जाएगा।

उसने जब दीपा से इस बात की चर्चा की तो दीपा इस बात के लिए राजी नहीं हुई कि वह हमारे साथ रहेगा। क्योंकि दीपा जानती थी रूप सिंह दारु पी लेने के बाद में होशो हवास खो बैठता है और कितनी बार उसकी पिटाई भी करने लगता है ऐसे में उसका भाई यह सब देखेगा तो उसे बुरा लगेगा और हो

सकता है कि इस वजह से रूप सिंह से उसका झगड़ा ना हो जाएं।

रूप सिंह दीपा के विचार से नाराज भी हुआ कि तुम कैसी बहन हो अपने भाई को अपने साथ कुछ दिनों तक रख नहीं सकती।

"नहीं रख तो सकती हूं पर मैं नहीं चाहती कि वह आपके ऊपर बोझ बने।"

"अरे, कैसी बात कर रही हो?"

दीपा ने सोचा कि अगर मैं रूप सिंह से ज्यादा तर्क-वितर्क करूंगी तो यह शराब पीकर रात को हल्ला करने लगेगा। होता भी ऐसा ही था। रूप सिंह से जो भी घर में सुबह तर्क-वितर्क करता या किसी बात के लिए उसे टोकता था तो दिन में उसे कुछ नहीं कहता था मगर रात में वह शराब पीकर हो हल्ला करने लगता था और उसकी ऐसी-तैसी बजा कर रख देता था। शायद इसी बात से वह और ज्यादा भी डरती थी कि कहीं मेरा भाई भंवर उसे कुछ ऐसी गलती ना कर दे जिससे रूप सिंह को बुरा लग जाए और शराब पीकर उसे झगड़ने लगे।

अंततः रूप सिंह की ही बात को मानना पड़ा। दीपा ने यह सोच रखा था कि भंवर को जल्दी समझा-बुझाकर के किराए के मकान पर जाने के लिए कह दूंगी।

रूप सिंह ने भंवर के लिए काम खोजना शुरू किया। उसे जो भी जान पहचान वाले मिलते वह भंवर के बारे में बताता। भंवर के लायक काम हो तो बताने के लिए कहता। पर हर एक कंपनियों में दसवीं पास आई.टी.आई, डिप्लोमा और बीटेक होल्डर को ही ले रहे थे और भंवर तो दसवीं पास भी नहीं था।

अंत समय में रूप सिंह ने अपने ही इंडियन ऑयल कंपनी में कांन्ट्रैक्ट में सिलेंडर धोने वाले काम की बात कर ली। इसकी मेहनत बहुत थी दर्शन इंडियन ऑयल में सिलेंडर फिलिंग का काम होता था फिर इन सिलेंडरों को कांन्ट्रैक्ट के मजदूर ढोकर ट्रक में लोड करते थे। रूप सिंह ने यह सोचा कि वह यह काम भी करता रहेगा और उसे आगे की पढ़ाई भी करवाएगा दसवीं और आई.टी.आई. भी करवाएगा और उसके लिए वह पैसे भी खर्च करेगा। आज भंवर को मेहनत का काम करना पड़ेगा तो उसे अपने आप समझ आएगी की पढ़ाई भी जरूरी है नहीं तो जीवन भर सिलेंडर ढोते-ढोते ही उसकी कमर टूट जाएगी।

भंवर को पहाड़ से बुलाकर उसने हरिद्वार प्लांट में काम पर लगा दिया। चूंकि भंवर पहाड़ का बेटा था कद काठी का भी सही था वह सिलेंडर ढोने के काम को आराम से करने लगा।

भंवर को सुबह दीपा नाश्ता, दोपहर का खाना बना दे देती थी। सप्ताह भर तक सब ठीक ठाक बीत गया। ऐसा नहीं था कि रूप सिंह पीता नहीं था। वह हर रोज पी रहा था। पी कर खाना खा सो जाता था।

उसी समय एक दिन फूलवती आ गई कलावती के पास उसने भंवर को देख लिया। देखते ही कलावती से पूछने लगी, यह कौन लड़का घूम रहा है। जब उसे पता चला कि यह दीपा का भाई है और रूप की कंपनी में कार्य कर रहा है। तो उसे ऐसा लगा जैसे किसी ने उसके सीने में किसी ने जलता दिया रख दिया।

"देख रही हो ना मेरी बात सच होने लगी। अब भाई को ले आई है। कुछ दिनों में बहनों को भी उठा लाएगी। पूरी संपति हड़पने में लगी है।"

"कुछ नहीं ले जा सकेगी। तुम चिंता ना करो।"

"चिंता की ही तो बात है। तू नहीं समझ रही। तू आज रूप को साफ कह दे कहीं और रहे।"

"ठीक है कह दूंगी।"

बस फिर क्या था? दिन में एक बार तो रूप कलावती के पास परिक्रमा करने आ ही जाता था।

"यह लड़का कौन घर में है?"

"दीपा का भाई है।"

"अच्छा अब अपने भाई को भी ले आई।"

"कुछ दिनों के लिए है, चला जायेगा।"

"ऐसा ना हो कि पूरा पहाड़ यहीं लेकर आ जाए।"

बस रूप सिंह का मूड उखड़ गया। एक बीड़ी पी और निकल गए।

रात के वक्त खूब पी ली। गुस्सा तो बहुत चढ़ा ही हुआ था। "दीपा खाना लगा"

"अभी लाई।"

रूप सिंह की आदत थी तवे से गर्म-गर्म रोटी खाने की। सो वह तवा चूल्हे

में चढ़ा रोटी सेखने लगी।

रूप सिंह लगे चिल्लाने, "बहन की लौंड़ी। कितना टाइम लगाएगी रोटी लाने में।"

दीपा जल्दबाजी करने लगी।वह इतना डरने लगी कि कहीं वो भंवर पर चिल्लाने ना लगे।

जैसे ही थाली रूप सिंह के पास रखी वह दीपा को देखते ही कहने लगा। "साली इतना समय लगा दिया।"

"आराम से आप खाइए मैं और रोटी ला रही हूं।"

"आराम से खाने तू देगी तब ना, जब से आई हो जिंदगी नरक हो गई है।"

दीपा कुछ न कह चुप-चाप रोटी सेकने चली गई।

भंवर रूम में यह सब सुन, परेशान हो रहा था जीजा का यह रूप वह पहली बार देख रहा था। उसे विश्वास नहीं हो रहा था कि जीजा जी इस तरह के है क्योंकि जब वह कंपनी में रहता तो उसने जीजा को वहां देखा था नरम, शांत। कंपनी में मजदूर से लेकर स्टाफ तक जीजा की तारीफ करते। मजदूर वर्ग तो जीजा को भगवान तक कह देते हैं। आखिर रूप सिंह कई मजदूरों की पैसे से मदद कर दिया करता था। वह किसी को मना नहीं करता था। वह कभी भी मजदूरों का नाम डायरी में नोट नहीं करता था। आज जीजा को क्या हो गया? कहीं मेरी वजह से तो नहीं कर रहे हैं। मैं दीदी से कह कल ही दूसरी जगह रहने का प्रबन्ध कर चला जाऊंगा।

रूप सिंह कभी दीपा तो कभी कलावती को कुछ न कुछ बकता रहा।

अगली दिन की सुबह थी और भंवर ने दीदी से नाश्ता करते हुए कहा, दीदी तुम्हें बुरा ना लगे तो एक बात कहूं।

"बोलो"

"मेरा एक मित्र जिद कर रहा है कि मैं उसके साथ रहूं। वह भी पहाड़ का है। भुवन नाम है उसका। मेरा उसके साथ मन भी लगता है।"

"हां यह भी सही है। उसका भी मन लग जायेगा और तुम्हारा भी। फिर एक ना एक दिन तुम्हें कहीं रहना ही पड़ेगा।"

"दीदी मैं आज ही उससे बात कर लूंगा"

सच तो यह था कि ऐसी कोई बात थी ही नहीं। कोई भुवन नाम का दोस्त था ही नहीं। रहते उसने समय को भाप लिया। विजय वहीं होता है जो वक़्त रहते नवज को पकड़ ले।

उस दिन कंपनी जा कर वह सबसे रहने कि बात पूछने लगा। एक मित्र ने सस्ते में एक घर दिखाने की बात कहीं।

महदूद गांव में एक कॉलोनी थी ब्रह्मपुरी कॉलोनी जहां निचली जाती के लोग रहते थे। डाक्टर अंबेडकर जी की एक मूर्ति भी बनी हुई थी। अंबेडकर जी की मूर्ति ब्लू कोट पेंट और सफेद शर्ट की थी। चेहरे में ऐनक लगा हुआ था और हाथों में संविधान की किताब थी। कॉलोनी में सूअर पालन से लेकर बेचने तक का काम करते। साथ ही साथ मुर्गे का मीट और बकरे का मीट भी बेचते थे। कॉलोनी में घुसने के पहले ही मीट बेचने की कई सारी दुकानें थी। सभी जाति के लोग यही से मांस खरीद के ले जाते थे। कुछ लोग यहां के मजदूरी भी करते थे। इसी कॉलोनी में एक दो रूम का घर खाली पड़ा था। बाहर दीवार में लिखा हुआ था यह घर बिकाऊ है नीचे एक नम्बर लिखा हुआ था।

वह घर मात्र दो हजार में किराए पर मिल गया। ऊंची जाति के व्यक्ति ने शुरुआती समय में सस्ते में जमीन लेकर आ घर बनवा लिया था बाद में उसे पता नहीं था कि यहां निचली जाति के लोग ही आ जाएंगे। सो उन्होंने यहां रहना मुनासिब नहीं समझा और इसे बेचने का फैसला कर लिया।

उसी रात भंवर ने रूप सिंह के दारु पीने के पहले ही वहीं बात बताई जो सुबह दीपा को बताई थी। सच कहा जाए तो रूप सिंह चाहता नहीं था कि भंवर जाए। क्योंकि भंवर घर के कई छोटे मोटे काम भी कर दिया करता था। जैसे रूप चेक साइन कर दे दिया करता था। और भंवर बैंक से पैसे लाकर दीदी के हाथ में थमा देता था। यहां तक की दारु की बोतल भी ठेके से लेने भंवर ही जाता था। वैसे तो यह काम करने में उसे मज़ा नहीं आता था। मगर मजबूरन उसे करना पडता था।

खैर रूप सिंह को कलावती की बात का भी ध्यान रखना था सो उसने कहा ठीक तुम दोस्तो के साथ रहो। दोस्तो के साथ रहने से तुम बहुत कुछ सीखोगे भी। कुछ भी दिक्कत होगी तो संकोच मत करना।

अगले दिन सुबह वह निकल गया। जाने से पहले उसके हाथ में पांच हजार रूपए दिए। ताकि वह अपने जरूरी सामान खरीद ले।

उस रात रूप सिंह को जैसे किसी बात का अफसोस हो रहा हो खूब पीने लगा। ऐसे पीते हुए उसे देख दीपा उसके पास गई।

"क्या तनिक भी आपको अपनी बच्ची से प्यार नहीं। यह भले ही लड़कियां है। पर हैं तो आपका ही खून। जिस तरह आप दारु प्रतिदिन पी रहे हैं। अगर आपको कुछ हो गया तो क्या होगा? कहा जाएंगी बच्चियां, कहा जाऊंगी मैं, कलावती तो एक सैकेंड भी हमें घर में रहने नहीं देगी।"

रूप सिंह चुप चाप सुनता रहा। दीपा जानती थी मेरी बात का कुछ असर उन्हें होगा नहीं मगर वह यही सोच कर टोकती रहती थी कभी ना कभी असर जरूर होगा। रूप सिंह सोच में पड़ गया दीपा की बात में कुछ तो वजन है।

एक दिन रूप सिंह के क्या मन में आया कि वह उसी कॉलोनी में भंवर के घर की तरफ घूमने निकल गया। भंवर उस वक़्त कमरे में नहीं था। रूप सिंह ने देखा की घर के बाहर घर बिकाऊ लिखा हुआ है। वहां से नम्बर नोट कर लिया।

उस नम्बर पर रूप सिंह ने फोन पर बात की और उस घर को खरीदने की सोच ली। रूप सिंह ने वह घर पांच लाख में खरीद लिया और रजिस्ट्री दीपा के नाम करा दी। ताकि बुरे वक़्त में दीपा इस घर को बेच अपना भरण पोषण कर सके।

मगर कलावती तक यह बात पहुंच गई। फूलवती ने उसे कहा, चल मना की तेरी कोई औलाद नहीं हुई लेकिन हमारे बच्चे भी तुम्हारे बच्चे के समान ही हैं कम से कम कुछ संपत्ति तो उनके लिए भी तो जोड़ कर रख। देख दीपा ने तो अपने नाम पर घर भी खरीद लिया।"

कलावती को संपति की कोई मोह माया नहीं थी। ईर्ष्या आखिर दीपा से थी ही वह भले किसी के लिए कुछ ना जोड़े। भले उसकी मृत्यु के बाद संपत्ति खाक में मिल जाए लेकिन दीपा से प्रतिश्रद्धा उसकी पूरी थी सो कलावती ने रूप सिंह को साफ कह दिया कि मुझे भी घर लेकर दीजिए। मैं कोई पराई स्त्री नहीं।

रूप सिंह ने साफ कहा, "यह घर तुम्हारा ही तो है।"

"नहीं, घर के पास जो जमीन खाली है उसमें और कमरे बना दीजिए।"

घर के पास बहुत ज्यादा जमीन खाली पड़ी थी। रूप सिंह ने दो कमरों के दो सेट बनवा दिया। अर्थात दो कमरे, रसोई, लैट्रिन बाथरूम। साथ ही साथ उसने अपने लिए उप्पर छत पर खाने पीने के लिए एक कमरा भी तैयार करवा लिया।

साल भर में घर तैयार हो गया। किराएदार भी आकर रहने लगे।

हर साल कंपनी में हेल्थ चेकअप के लिए डाक्टर की टीम आया करती थी। रूप सिंह के चेकअप के बाद डाक्टर ने उसको आगाह किया कि आप अपने शरीर पर ध्यान दें आपका ब्लड प्रेशर भी कुछ बढ़ा आ रहा है हल्का शुगर बड़ा हुआ है लेकिन अभी आप कंट्रोल करेंगे तो सब कुछ सही हो जाएगा। कई सारी चीजें खाने से परहेज करने के लिए कहा। आलू, चावल, मीठा, बीड़ी, सिगरेट, दारु!

मगर रूप सिंह ने उस शाम और ज्यादा दारु पी और डाक्टरों का लगे गरियाने, चोदे डाक्टर, कह रहे है यह मत खाओ वह मत खाओ। आखिर क्या क्या ना खाऊं?, आखिर आदमी कमाता क्यों है? खाने के लिए। इस तरह तो मैं और जल्दी ऊपर चला जाऊंगा।"

रूप सिंह शराब के साथ चकने में अंडे और बकरे, मुर्गे का मांस खाता था। उसे लगता था। दारू उसका कुछ बिगाड़ नहीं सकती।

आखिर मांस और हड्डियों से बना यह शरीर कितना सहन करता। एक दिन रूप सिंह कंपनी से आने के बाद थका हारा पूरा पस्त हो गया। सिर चकराने लगा, प्यास और भूख खूब लगने लगी, पेशाब भी बार-बार जाने लग। उसे समझ नहीं आ रहा था कि उसकी बॉडी के साथ क्या हो रहा है?

घर में रह रहे किरायेदारों ने उसे ले जाकर हॉस्पिटल में एडमिट किया हॉस्पिटल में चेकअप के बाद पता चला कि साढे चार सौ शुगर और ब्लड प्रेशर भी बढ़ गया है।

अस्पताल में रूप सिंह के दोनों भाई आ गए। रूप सिंह के चाहने वाले भी आ गए। सबने रूप सिंह को सलाह मस्वरा देने लगे। मगर रूप सिंह सबको

यही कहता, "अरे यह कोई बीमारी थोड़े है। यह सबको हो जाता है।"

मगर रूप सिंह यह भूल रहा था कि शुगर और ब्लड प्रेशर ईश्वर का ऐसा आशीर्वाद है। जब तक आप जिंदा हैं तब तक यह आपके साथ रहेगी। तब तक दवा खानी पड़ेगी।

दवा खाने के लिए रूप सिंह को दे दिया और समझा दिया कि प्रतिदिन आपको यह दोनों गोलियां खानी है एक ब्लड प्रेशर की और दूसरी शुगर की। पहले की तरह दारु शराब मीट मुर्गा और मीठा खाने की भी मना कर दिया। रूप सिंह को मीठा खाने का वैसे भी शौक नहीं था। चाय वह मात्र एक टाइम ही पिता था।

रूप सिंह ने अस्पताल से आने के बाद सप्ताह भर शराब को हाथ नहीं लगाया। चाय फीकी पीनी शुरू कर दी। जिंदगी फीकी सी हो गई। दवा बराबर खाता रहा। सप्ताह भर बाद उसने नजदीकी मेडिकल शॉप से अपना शुगर लेवल चेक कराया। सब नॉर्मल निकला। रूप सिंह मन ही मन खुश हुआ।

उस दिन उसने अपने कुछ खाने पीने वाले मित्रो को बुलाया। साथ में इकबाल को भी।

दो किलो बकरे का मीट मंगवाया। अंग्रेजी दारू की चार बोतले भी मंगवाई।

सभी मित्रो ने मिलकर मीट पकवाया।

उस दिन खूब दारु और मीट चला।

आखिर तक रूप सिंह की ऐसी हालत हो गई कि ठीक से खड़ा भी नहीं हो पा रहा था।

किसी तरह मित्र गण भी डगमगा लुढ़कते हुए वहां से विदा हुए।

रूप सिंह उसी रूम पे बिस्तर पर पड़ा रहा।

अगले दिन पूरे घर में खूब खामोशी थी।

रूप सिंह तो ऐसे नहा धो कर कंपनी चला गया जैसे कुछ हुआ ही नहीं।

किरायेदार सभी खफा थे। क्योंकि एक किरायेदार की दो बेटियां जवान थी वह भी कंपनी में कार्य कर रही थीं। दूसरे किरायेदार के भी बच्चे थे। किरायेदारों को ऐसा लगने लगा था कि रूप सिंह की वजह से उनके बच्चों में भी बुरा प्रभाव पड़ेगा और इस तरह लोगों का आना जाना घर में रहा तो जवान बेटियों पर भी

इसका बुरा असर पड़ेगा।

चूंकि किरायेदारों का किराया कलावती लेती थी इसलिए उन सब ने कलावती से इसकी शिकायत भी की। कलावती को खूब गुस्सा भी आया।

शाम के वक्त रूप सिंह कलावती के पास आया। कलावती ने रूप सिंह को चाय बना कर दी। और कहा तन्नू तुम्हारी बड़ी बेटी आठ साल की हो गई है। वह भी बड़ी हो रही है इस तरह आवारा लोगों का घर में आना जाना ठीक नहीं आखिर तुम दो लड़कियों के पिता हो। फिर किरायेदारों की भी जवान बेटियां हैं।"

"मेरे पास कोई आवारा व्यक्ति नहीं आता है वह मेरे मित्र हैं मेरे साथ काम करते हैं और मेरी बेटियों को अपनी बेटियों की तरह मानते हैं। मैं भी तो सबके घर जाता हूं उनके बच्चे भी मेरे बच्चे जैसे ही हैं।"

सच तो यह था कि रूप के कुछ मित्र दीपा पर डोरे जरूर डालते ही थे। पर दीपा इस बात की चर्चा ही नहीं करती थी। और फिर यह कौन सी नई बात थी?

"फिर भी तुम अपने मित्रों को यहां ना लाया करो अगर तुम्हें पीने का इतना ही शौक है तो मित्रों के साथ बाहर होटलों में भी पी सकते हो। या फिर अकेले ही बैठ कर पिया करो"

रूप सिंह ने हां कह सिर हिला दिया।

रूप सिंह के लिए यह इतना आसान नहीं था कि वह दोस्तो संग पीना छोड़ दे। मगर फिर भी उसने मित्रो को नहीं बुलाया।

कुछ दिन बीतने पर इकबाल ने एक दिन टोका "क्या यार! अब पीना छोड़ दिए क्या? "जी नहीं ऐसी बात नहीं वो क्या है तुम्हारी भाभी कलावती नाराज होती है। सो मैंने घर पर मित्रो को खाने—पीने पर बुलाना बंद कर दिया।"

"वाह यार! एक बार भाभी ने क्या बोला कि तुमने मित्रो का घर आना ही बंद करवा दिया।"

"वह बात नहीं घर तो तुम कभी भी आओ।"

"दोस्त घर आए और सूखा-सूखा ही वापस चला जाए। यार तुम ही तो मेरे एक मित्र हो जिसके साथ खा पी लिया जाता है।"

"यार क्या है घर पर किराये दार भी है। उनकी बेटियां भी है। वह सब भी ऑब्जेक्शन करते है।"

"हम तो अलग ही खान पीन करते है। अब क्या किरायेदारों का हुकुम चलेगा। क्या रूप सिंह इतना दब कर रहोगे।"

"नाराज मत हो, चलो किसी होटल में प्रोग्राम करते है।"

"रहने दो यार, कल को कुछ और बात निकल जायेगी।"

आखिर रूप सिंह जात का राजपूत उसे यह बात खूब दिल में लगी। आखिर मेरी इतनी तनख्वाह है मुझे पैसों की कोई कमी नहीं तो किरायेदार के चंद पैसों के लिए मैं उनका क्या गुलाम बन जाऊंगा? और फिर मैं इनकी कितनी मदद भी तो करता हूं जरूरत पड़ने पर किरायेदार मुझसे ही पैसे लेकर चले जाते हैं मैं कभी पैसों के लिए मना भी नहीं करता और मुझे अपनी खुशी के लिए मैं अपने चंद मित्रों के साथ थोड़ा वक्त बिताता हूं तो इन सब को इतनी तकलीफ हो रही है ऐसे किरायेदारों से अच्छा है कि मैं अपने रूम खाली रखूं।

एक दिन उसने फिर अपने मित्रो के खाने—पीने के लिए बुलाया। फिर मित्र उसी तरह खा पी के निकल गए।

इस बार किसी किरायेदार ने कुछ नहीं कहा।क्योंकि किरायेदार यह जान गए थे कि कुत्ते की पूंछ कभी सीधी नहीं होती। दूसरी सबसे बड़ी बात जो थी कि किरायेदार खुद इस बात को कहते थे। चाहे रूप सिंह जैसा भी है पर इसके जैसा मकान मालिक कहा मिलेगा। जो ना बिजली बिल मांगता है, ना किसी बात पर टोकता है, जरूरत पड़ने पर पैसों की भी मदद कर देता है और क्या चाहिए? हर एक इंसान में कोई ना कोई एब तो होता ही है।

रूप सिंह का कार्यक्रम यूं ही चलता रहा। इस बीच रूप सिंह का शुगर लेवल कभी भी दो सौ से कम नहीं रहा।

एक दिन उसके साथ का एक मित्र गोपाल जो रूप के साथ हमेशा शराब पीता रहता था। उसकी अचानक मृत्यु हो गई। गोपाल रूप सिंह के बहुत ही नजदीकी मित्रों में से था उसी की कॉलोनी का था और गोपाल भी रूप सिंह से कभी भी पैसे उधार लेकर चला जाया करता था और तय समय पर वापस भी कर दिया करता था। फिर भी अभी भी लाख रुपए बकाया है। रूप सिंह को भी जब भी मौका लगता गोपाल के पास ही बैठता था। गोपाल ने परचून की दुकान कर रखी थी। और बेटे ने वेल्डर की दुकान खोल रखी थी। बेटा दरवाजे

खिड़की बनाने के साथ-साथ वेल्डिंग के और भी कई कार्य करता था एक दो ट्रैक्टर भी रखे थे और खुद का घर भी बना कर रखा हुआ था।

जिस दिन उसके दाह संस्कार के लिए लाश को ले जाने की तैयारी हो रही थी उसी दिन एक शख्स आ गया और कहने लगा मैं यह लाश तब तक नहीं जलाने दूंगा जब तक कि मेरी बकाया राशि वापस नहीं होगी। इसने मुझसे दस लाख रुपए लिए थे। यह सुनते ही पत्नी को काटो तो खून नहीं बेटा तो सुनते ही लगा चिल्लाने की पैसे पिताजी ने लिए थे पिताजी वापस करते अब वह इस संसार में है नहीं पीने वाले व्यक्ति से ना जाने कहां-कहां पैसे लिए और दिए है मुझे क्या पता ? पत्नी ने बड़े विनम्र भाव से कहा कि देखिए इतने पैसे तो मैं वापस नहीं कर पाऊंगी लेकिन मेरे पास थोड़े बहुत गहने हैं जो गहने हैं वह मैं आपको दे दूंगी उसे बेचकर जो आपका पैसा निकलेगा उसे रख लीजिएगा। बेटा पीछे से चिल्लाता रहा नहीं हम अपने पिता का कर्ज क्यों उतारेंगे? तभी उस शख्स ने कहा कि ठीक है आप यह बात एक पेपर में लिख कर दे दीजिए। बेटे ने तुरंत एक कागज में लिखकर और साइन करके दे भी दिया। कुछ पल को रूप सिंह भी यह सोचने लगा कि मैंने भी तो कितनो को पैसे दिए हैं डायरी में लिखा भी है क्या वह सब भी मेरे मरने के बाद पैसे वापस करेंगे? वक़्त का क्या भरोसा ? जैसे ही गोपाल के बेटे ने पर्चा उसके हाथ में थमाया वह बड़ा ही विनम्र हो गया और कहा कि बेटा दरअसल पैसे तो मैंने तुम्हारे बाप से लिए थे तुम्हारे बाप ने मुझसे नहीं। मैं तो यह देखना चाहता था कि इन पैसों का असली हकदार कौन है? मुझे यह समझ में आ गया तुम उसके कितने आज्ञाकारी पुत्र थे। अब जैसे तुमने कर्ज उतारने से मना कर दिया वैसे ही तुम्हें लेने का कोई अधिकार नहीं। वह गोपाल की पत्नी के पास गया और कहा कि आप चिंता ना करें यह पैसे आप ही को दूंगा और इस पैसे को आप ही खर्च करेंगी।

रूप सिंह, गोपाल की पत्नी, और उसका बेटा, आश्चर्यचकित होकर उस शख्स को देखने लगे और सोचने लगे कि आखिर वो ऐसी रणनीति करके क्यों आया?

उस दिन जब वह वापस आया तो उसके अगले दिन ही उसने अपने दोनों बेटियों को आवाज लगाई। पहले भी वह जब कभी खुशी में, कभी गम में,

अपनी बेटियो को आवाज़ लगाया करता तो बेटियां तुरंत हाजिर हो जाती। वह पापा के आवाज लगते ही बिना विलम्ब किए हाजिर हो जाती। दरअसल वह यह सोचती कि कहीं पापा को गुस्सा ना आ जाए और पापा मम्मी पर नाराज होने लगे।

उन दोनों के हाजिर होते ही। रूप सिंह ने पूछा, बेटा तुम दोनों एक बात बताओ। खुदा ना खास्ता अगर मैं इस दुनिया से चला जाऊं।"

छोटी बेटी कन्नू ने पूछा, पापा कहां चले जाएंगे?"

"मेरा मतलब स्वर्ग सिधार जाऊं।"

"पापा आप ऐसी बात क्यूं कर रहे हैं?" तन्नू ने कहा।

"मेरी बात तो पूरी होने दो।"

दोनों बेटी चुप हो गई।

"मान लो मेरी मृत्यु हो जाए और मेरे ऊपर दस लाख का कर्ज हो। मेरी मृत्यु के बाद कर्ज़ देने वाला तुम लोगों से पैसे मांगे तो तुम लोग क्या करोगे? उसे पैसे दोगे या भगा दोगे।"

कुछ देर तो दोनों बेटियों को समझ नहीं आया कि आखिर पापा ने ऐसा सवाल क्यों किया?

लेकिन पापा ने सवाल किया है तो जवाब तो देना ही था, "पापा हम उस व्यक्ति से कुछ समय लेकर उसे पैसा वापस दे देंगे अगर हम उसे पैसा वापस नहीं देंगे तो वह जीवन भर आप को कोसता रहेगा इस तरह आपकी बदनामी भी होगी और हम आपका नाम खराब होने नहीं देंगे।"

रूप सिंह बहुत खुश हुआ उसे लगा कि उस नालायक बेटे से तो सौ गुना अच्छी यह दोनों मेरी बेटियां हैं।

दोनों को गले लगा लिया।

रूप सिंह की बेटियां भी समय अनुसार बड़ी होती जा रही थीं। दोनों अग्रेजी मीडियम में पढ़ रही थी। बड़ी बेटी आठवीं में और छोटी सातवीं में आ गई थी। दोनों ही बच्चियां बहुत ही खूबसूरत थी। देखने में किसी फिल्मी सितारों से कम

नहीं थी। कॉलोनी के सभी लोग कहते यह तो करिश्मा और करीना कपूर की जोड़ी लगती है। कई कॉलोनी के आवारा लड़के तन्नू पर डोरे भी डालते थे। उसके घर के आस-पास घूमते रहते। इस बात कि भनक रूप सिंह को लग गई। रूप सिंह को एक दिन कंपनी सिक्योरिटी गेट पर टीवी और कैमरा लगा देखा। उसने देखा कि टीवी में बाहर के सारे दृश्य आ रहे हैं। उस दिन कैमरा का कमाल उसे पता चला।

उसने फिर तत्काल घर के गेट पर एक रास्ते तरफ और एक छत पर कैमरे लगवा दिए। रूम में बत्तीस इंच का टीवी लगा लिया।

अब रूप सिंह हर रात टीवी में पूरे दिन की गतिवधियां देखता। उसे इसमें मजा आता कभी-कभी ऐसे दृश्य देखने को मिलते जो उसे बहुत ही गुदगुदा ते। किसी लड़के का लड़की को छेड़ना, किसी का साइकिल या बाइक से गिर जाना, कैमरे के द्वारे उसे पता चला है कि किसका किसके साथ चक्कर चल रहा है आदि बातों का पर्दाफाश होता रहा।

आवारा लड़कों का घर के पास भटकना बंद हो गया। मगर कॉलोनी में मर्द और औरतें कई तरह की बातें करने लगी। जरूर कैमरा दीपा के चक्कर में लगाया होगा। आखिर दीपा जवान और खूबसूरत भी तो है। रूप सिंह अब बूढ़ा भी तो हो रहा है। सोचता होगा कहीं दीपा कहीं किसी के चकर में ना पड़ जाए।

रूप सिंह तो चाहता था उसकी दोनों बेटियां बड़ी होकर डाक्टर बने। पर छोटी बेटी को गाने का शौक था वह तो आगे चल सिंगर बनना चाहती थी। वह स्कूल के प्रोग्राम में भी भाग लेती थी। मगर रूप सिंह उन्हें हमेशा पढ़ने कि ही हिदायत देते। वह पापा से हमेशा कहती, पापा आप चिंता ना किया करो। हम पढ़ लेंगे।" सही मायने में दोनों बच्चियां पढ़ने में होशियार भी थी।

कन्नू और तन्नू दोनों मां के पास समान रूप से आना जाना करती थीं। कलावती और दीपा को इस बात से कोई शिकायत भी नहीं थी। कभी दोनों बड़ी मां अर्थात कलावती तो कभी छोटी मां अर्थात दीपा के यहां सो जाया करती। दोनों बहनों का आपस में बहुत प्यार था।

फूलवती ने एक दिन कलावती से कहा, तन्नू को दीपा के इतने नजदीक

बार-बार न जाने दिया कर याद रखना यह उसकी कोख से पैदा हुई लड़की है। कहीं वह उसी के पास ना रहने लग जाए।"

कलावती किसी भी कीमत पर तन्नू को खोना नहीं चाहती थी आखिर तन्नू को तो उसने अपनी मां का दूध भी पीने नहीं दिया था उसी वक्त गोद ले लिया था उसके बाद उसने तन्नू को बहुत जतन से पाला था। भले ही उसकी कोख से तन्नू पैदा नहीं हुई हो पर अब तन्नू को वह अपनी बेटी ही मानती थी।

"चाहे कुछ भी हो जाए तन्नू मुझे कभी छोड़ कर नहीं जाएगी।"

"देख चाहे कुछ भी हो जाए अपनी तरफ से ढील मत दे।"

उस दिन की बात से तन्नू को बहुत कम दीपा के पास जाने दिया जाता। कन्नू ही तन्नू के पास आती। तन्नू भी ऊपर दीपा के पास चोरी छुपे चली ही जाती थी।

दीपा ने भी कभी इस बात की परवाह नहीं की कि तन्नू बहुत कम उसके पास आती है।

सच कहा जाए तो तन्नू को यह बात पता थी कि दीपा ही उसकी असली मां है। रूप सिंह ने तो तन्नू को बहुत पहले ही यह बात बता दी थी। मगर तन्नू का प्यार ज्यादा कलावती के साथ ही था। सही कहा है किसी ने पैदा करने वाले से ज्यादा पालने वाले का अधिकार होता है।

देखते-देखते इसी तरह तन्नु जवानी की दहलीज पर कदम रख दिया था तन्नू बारहवीं क्लास में और कन्नू ग्यारहवीं क्लास में आ चुकी थी। रूप सिंह की नौकरी भी अब ज्यादा नहीं रह गई थी। सही कहते है लोग लड़कियां बहुत जल्दी जवान होती है।यूं तो रूप सिंह ने हर साल कन्नू और तन्नू के नाम पर लाख-लाख रुपए एल.आई.सी कराता ही रहा। रूप सिंह को लगता था कि मैंने कन्नू है तन्नू के लिए जितनी एल.आई.सी. कर दी है आने वाले समय में उन्हें कोई दिक्कत नहीं आएगी। अब तो ऐसा भी था कि कई गांव देहात के लोग तन्नू का रिश्ता भी कभी कभार लेकर आ जाते थे। रूप सिंह कहता था अभी तो यह बच्चियां है इन्हें खूब पढ़ना लिखना है अभी कहां शादी कर दूं। रूप सिंह

ने दीपा की दोनों बहनों का भी विवाह कर दिया था। रूप सिंह ने इतना ही नहीं किरायेदार की बेटी की शादी में भी दो लाख कर्ज दिए। लोग बाग तो रूप सिंह को किसी भगवान कि अवतार से कम नहीं मानते थे।

ऐसे ही वक़्त जब सब कुछ ठीक चल रहा था। तो रूप सिंह का पेशाब नहीं हो रहा था। जब वह मूतने लगता तो बहुत ही हलकी पतली धार धीरे धीरे निकलती रहती। काफ़ी समय तक उसे खड़ा होना पड़ता। ऐसे ही वक़्त उसने एक बार दीपा से संभोग भी किया वीर्य निकलने के बाद, उसके पेशाब के रास्ते में गजब का जलन होने लगा। दीपा भी उसके साथ साथ परेशान रही। दीपा उसे ज्यादा से ज्यादा पानी पिलाती रही मगर जलन कम ना हुआ। किसी तरह घंटे भर बाद जलन कम हुआ।

अगले दिन तो पेशाब ही बंद हो गया। तुरंत ही रूप सिंह के बड़े भाई को बुला लिया गया। वह उसे तुरंत दिल्ली अपोलो लेकर चले गए।

चेकअप के बाद पता चला कि उनकी कोई नस ब्लांक हो गई है। ऑपरेशन करना पड़ेगा। मगर ऑपरेशन भी नहीं हो पा रहा था। रूप सिंह का शुगर लेवल तीन सौ से कम नहीं हो रहा था। डाक्टरों ने कहा जब तक शुगर लेवल कम नहीं हो जाता तब तक ऑपरेशन नहीं हो पायेगा।

डाक्टरों के निरंतर दवा देने के बाद भी करीब तीन दिनों बाद उनका शुगर लेवल कंट्रोल में आया।

वापस आने के बाद रूप सिंह ने शराब बीड़ी सिगरेट सब कुछ छोड़ दिया। डाक्टरों ने दवा के साथ शुगर टेस्ट की किट भी दे दी। घर में बेटियां भी पापा की यह हालत देख बहुत परेशान थीं। कन्नू पापा की तीन टाईम शुगर टेस्ट करती और कॉपी में नोट करती।

करीब महीने भर तक ऐसे ही चलता रहा।इस दौरान दीपा ने रूप सिंह की खूब सेवा की हर दिन उसके शरीर को दो बार पूछना, मल मूत्र के लिए उसे बाथरूम तक ले जाना ले आना, सही समय दवा देना। इसी दौरान रूप सिंह ने दीपा से कहा, "दीपा उम्र में तुम हम दोनों से छोटी हो, एक वक्त ऐसा भी आ सकता है तुम्हें कलावती की भी ऐसी ही सेवा करनी पड़े।"

तीन महीने के बाद रूप सिंह दुबारा सही हो गए। तीन महीने भर जब रूप

ने शराब नहीं पी तो सभी कोई घर में खुश थे।

ठीक होने के बाद रूप सिंह का दीपा की प्रति खूब प्यार बड़ा। उसे किसी चीज की चिंता सताने लगी।

वह एक दिन कलावती के पास गया।

"कलावती हम दोनों की उम्र हो चली है। दीपा हम दोनों से उम्र में बहुत छोटी है उम्र के हिसाब से देखें तो दीपा हम दोनों से ज्यादा जीवन जिएगी। मेरे रिटायरमेंट होने के बाद मुझे पेंशन मिलना शुरू हो जाएगी और मेरी मृत्यु के बाद वह पेंशन तुम्हें मिलना शुरू होगी।आखिर तुम भी कितने दिन फिर जी लोगी देखा जाए तो हम दोनों के बाद दीपा ही सब कुछ संभालेगी दो बच्चों का भार भी उसी पर आएगा।"

"तो क्या?"

"तुम मेरी बात मानो, तुम मुझसे तलाक ले लो। जिससे की मैं दीपा का नाम कानूनी तौर पर नांमिनी में दे सकूं। उसके बदले मैं तुम्हें अच्छे पैसे और यह घर तुम्हारे नाम कर दूंगा।"

"अगर मुझे तलाक लेना होता तो मैं उस समय ही तलाक ले लेती। जब आपने दूसरा विवाह किया था। अब तो मै आपको अपने से अलग नहीं कर सकती। अब तो जो ईश्वर को मंजूर होगा वहीं होगा।"

"ईश्वर को भी यही मंजूर है"

"ईश्वर को अगर यह मंजूर होगा तो ईश्वर मुझे यमदूत को भेजकर मुझे अपने पास बुला लेगा। आपको अपने आप आजादी मिल जाएगी जीते जी तो मैं आपको नहीं छोड़ सकती।"

"अगर तुम्हारा यही फैसला है तो फिर ठीक है यही सही।"

"जिस तरह आज मैं बीमार होता हूं तो दीपा मेरा ख्याल रखती है। तुम्हारे बुढ़ापे का सहारा भी बनेगी।"

"किसी का सहारा लेना पड़े। ईश्वर मुझे उठा ले।"

रूप सिंह अब बदल गया था। उसने शराब पीना बहुत कम कर दिया था। कभी

मन किया तो एक दो घूंट मार लेता था। हां इस बीच वह बीड़ी पीता था। उसका रिटायरमेंट का समय भी काफी नजदीक हा गया था। रिटायरमेंट की तैयारी भी करने लगे थे।

ऐसे ही वक़्त उसके। लेफ्ट पैर में दर्द होना शुरू हो गया था। कहीं ज्यादा देर खड़ा होता तो पैरो में दर्द शुरू होने लगता। उसने दीपा को यह बात बताई तो उसने हर रोज उसके पैरो में तेल से मालिश करनी शुरू कर दी। मगर सप्ताह बीत गया तो और जोरो से दर्द होने लगा। इधर रिटायरमेंट भी नजदीक आ गया था। रूप सिंह ने रिटायरमेंट कि पार्टी भी रख दी थी और उसके लिए कैटरिंग वाले को भोजन के लिए पैसे भी दे दिए थे। पार्टी की तैयारियां भी शुरू हो चुकी थी। मगर रूप सिंह की तबीयत दिनों दिन खराब होती जा रही थी।

वह देहरादून बड़े डाक्टर को चेक कराने के लिए चले गए। डाक्टर ने पूरी बॉडी का स्कैन किया और स्कैन के बाद पता चला दिमाग की कोई नस ब्लॉक हो रही है उसे तत्काल ऑपरेशन करके साफ करके सही करना पड़ेगा।

मगर इधर रिटायरमेंट की पार्टी की तैयारी भी पूरी हो चुकी थी। सो रूप सिंह ने डाक्टरों से कुछ समय कि मोहलत मांगी। डाक्टरों ने मोहलत देते हुए भी यही कहा आप ऑपरेशन जल्दी ही कर लीजिएगा।

रिटायरमेंट की शाम खूब धूम से पार्टी शुरू हुई। काफी लोग पार्टी में आए। रूप सिंह को खूब तोफे भी आए। कन्नू और तन्नू सजी हुई बहुत खूबसूरत लग रही थी। कलावती और दीपा ने भी खूब सिंगार किया था।

डीजे भी खूब बज रहा था। सभी दोस्त उसे नाचने के लिए ले गए। पर रूप सिंह तो ठीक से खड़ा भी नहीं हो पा रहा था। आस पास कॉलोनी के लोग मित्र आपस में यही बात कर रहे थे। नौकरी के साथ साथ रूप सिंह ने शरीर भी गवां लिया। कुछ लोग इस बात को इस तरह भी कह रहे थे। नौकरी के साथ साथ शरीर से भी रिटायर हो गया।

इतने पैसे कमाए उसका क्या फायदा? अब देखो अपनी ही पार्टी में। नाचा नहीं जा रहा है। रूप ने तो शराब छोड़ ही दी है। सब ठीक हो जाएगा।

पार्टी भी बीत गई।

दूसरे दिन ही रूप सिंह ऑपरेशन कराने चला गया। ऑपरेशन से दिमाग

के नस के ब्लॉकर्स को साफ किया गया। ऑपरेशन के बाद डाक्टरों ने सख्त हिदायत दी कि बीड़ी, सिगरेट, शराब एक दम भी पीना नहीं है।

रूप सिंह ने सब कुछ छोड़ दिया था। बस बीड़ी और माचिस अब भी उसके सिराने के पास आती। मगर बेटी कन्नू उसे लेकर चली जाती। उसे पीने नहीं देती।

सच कहा जाए तो अब रूप सिंह भी जीना चाहता था। जो कभी ईश्वर के द्वार नहीं जाता था वह भी पूजा पाठ करता था। अब छत के मंदिर में धूप जलाता था।

वह अपनी बेटियों को पढ़ा लिखा उनका ब्याह करना चाहता था। कन्या दान से बड़ कर कोई दूसरा पुण्य का काम नहीं। अपने जीते जी वह यह सब कर के जाना चाहता था।

उसका शरीर भी एकदम स्वस्थ था। वह ठीक से चल फिर लेता था। उसने शराब बीड़ी सब छोड़ दिया था। हर दिन शराब पीने वाला व्यक्ति ने शराब को एकदम से छोड़ दिया। उसके इस व्यवहार से लोग कहते आखिर रूप सिंह दृढ़ संकल्प वाला व्यक्ति था। हर रोज शराब पीने वाले आदमी ने आखिरी शराब छोड़ दिया। वह अब किसी दोस्त यार के पास भी नहीं जाता था। क्योंकि रूप सिंह अब जीना चाहता था। उसने कई स्वप्न साझा लिए थे। अब उसे अपनी दोनों बेटियों, दीपा, कलावती सबकी चिंता थी। वह यह समझ गया था। अगर मुझे कुछ हो गया तो घर को संभालने वाला कोई नहीं है। घर में वही एक पुरुष है।

ठंड का मौसम था। उस दिन धूप बहुत खिली खिली आई थी। उस दिन रूप सिंह कंपनी में इकबाल के रिटायरमेंट पार्टी में अपनी बाइक लेकर गया था। आखिर इकबाल की रिटायरमेंट पार्टी को रूप सिंह कैसे छोड़ देता उसका ठहरा जिगरी दोस्त। खूब हसीं खुशी सब कुछ बीत रहा था। खाना खाते समय अचानक से रूप सिंह सुस्त हो गया। वह कुछ बोल नहीं पा रहा था। कुछ मित्रों की रूप सिंह पर नजर गई। उसे ऐसा सुस्त देख एक शख्स उसके पास गया। उसके कई बार आवाज देने पर भी रूप सिंह कुछ बोल नहीं रहा था। वहां हल्ला मचा रूप सिंह के पास इकबाल आया। उसने रूप सिंह को हिला डुला

कर पूछा, रूप तबीयत तो ठीक है। सब खेरियत है।"

रूप ने बस इतना कहा, मुझे घर ले चलो।

तत्काल उसे कार से घर लाया गया। रूप सिंह को एक कुर्सी में बैठाया गया। तत्काल रूप के बड़े भाई ज्ञान सिंह को भी बुलाया गया। रूप का बड़ा भाई नजदीक ही रहता था। उसके आते ही रूप सिंह ने एक ही वाक्य कहा, "मेरी बाइक...प्लॉट में...खड़ी है...ले आओ...। कार से तुरंत...आनन-फानन में रूप को उसी डाक्टर के पास ले जाया गया जिसने कुछ समय पहले रूप के दिमाग के नस का ऑपरेशन किया था। रूप सिंह को आई.सी.यू. में भर्ती किया गया।"

दूसरे दिन रात करीब आठ बजे कन्नू और दीपा गला फाड़ फाड़ रोने लगी। घर के किरायेदार रोने की आवाज सुन दौड़ते हुए दीपा के पास पहुंचे। उनके पास पहुंचने की देर थी सारा भेद खुल गया वह सब भी जोर जोर से रोने लगे। नीचे से तन्नू भी दौड़ते हुए आई। फिर वह भी रोने लगी। कलावती भी नीचे रो रही थी। धीरे-धीरे कॉलोनी के लोग जुटने लगे। सबके आंखें आंसुओं से भर गए। कुछ तो बिलख बिलख कर रोने लगे। दीपा को संभालना मुश्किल हो रहा था। वह रोते-रोते बेहोश होती जा रही थी।

अगली सुबह नीचे घर में रूप सिंह की लाश रखी हुई थी। लाश के सिरहाने माचिस की डिबिया और बीड़ी का पैकेट रखा हुआ था। दीपा, कलावती, कन्नू, तन्नू कॉलोनी की महिलाएं रूप सिंह के लाश के पास बैठी हुई थी। घर के बाहर धीरे-धीरे भीड़ उमड़ती जा रही थी। कंपनी के सारे मजदूर आए, स्टाफ आया, अधिकारी आए, उसके पूरे गांव के लोग आए, दूर दराज से काफी लोग आ रहे थे। रात में ही सबके पास खबर चली गई थी।

सुबह लाश को मुखाग्नि करने की तैयारियां होने लगी। आज सब सोच रहे थे अगर रूप का बेटा होता तो रूप की लाश को कंधा देता और चिता को अग्नि भी। अचानक से भीड़ से ज्ञान सिंह के दामाद ने कहा रूप सिंह की चिता को अग्नि उसकी बड़ी बेटी तन्नू देगी। रूप सिंह ने आखिरी वक़्त में ज्ञान सिंह को यह कह गए थे मेरी लाश अग्नि मेरी बड़ी बेटी तन्नू देगी। मेरी बेटियां ही मेरे बेटे के सामान है। फिर मैं यही चाहता हूं कि मेरा अपना खून ही मुझे

अग्नि दे।

लोगों में इस बात की चर्चा शुरू हो गई। लोग आपस में खुसुर फुसुर शुरू हो गई। शास्त्रों में भी यह वर्णित नहीं है। स्त्री को तो श्मशान घाट में भी जाने की इजाजत नहीं है। ज्ञान सिंह ने यह बात पंडित जी को भी बताई। पंडित जी भी इस बात का विरोध करते हैं उसे कहने लगे, मनुष्य की चिता को अग्नि देने का हक हमेशा एक बेटे का होता है और अगर किसी का बेटा ना हो तो भी यह किसी रिश्तेदार के बेटे को दे दिया जाता है और कभी बेटी को यह हक नहीं दिया जाता। ज्ञान सिंह ने कहा, समाज ने बेटी को बेटे के बराबर दर्जा दिया है, तो यह सब धर्म को क्यों नहीं निभा पाती बेटियां। रूप सिंह के चिता को अग्नि तन्नू ही देगी।

रूप सिंह के दोनों भाई और उनके बेटों ने रूप सिंह को कंधा दिया।

जैसे ही लाश को उठाया गया। पूरी कॉलोनी के जमा लोग चीख-चीख कर रो उठे। दीपा तो लाश को ले जाने से रोकने लगी। दोनों बेटी रो-रो के कहने लगी, पापा...मत जाओ..पापा मत जाओ...

दीपा की तो आंखें बंद होने लगी वह वहीं गिरने लगी। महिलाएं उसे संभालने लगी। एक कटोरी में पानी लेकर चम्मच से उसके मुंह में पानी डालने का प्रयास करने लगी। उसके मुंह और दांत को जबरदस्ती खोल कर उसके मुंह में चम्मच से पानी डाले जाना लगा। दीपा एकदम से बेहोश होकर गिर गई।

लोग राम...राम...सत्य कहते हुए लाश को वहां से लेकर चले गए और बहुत बड़ी भीड़ लाश के पीछे हो ली। श्मशान घाट में साथ में दोनों बेटियां भी गई।

दीपा का तो एक दिन में ही आंखें गहरे तक धंस गई थीं। चेहरा जर्द पीला हो गया था। बदन सूख कर कांटे-जैसा लगने लगा था। चूड़ियां, सिंदूर सब उसे छीन लिए गए थे। जार जार हो पागलों की तरह विलाप कर रही थी। कमरे को उपस्थित सभी लोग दीपा को चुप करा रहे थे ढांढस बांधते थे। फिर क्रम में बातों का सिलसिला शुरू हो जाता है। एक बुजुर्ग महिला समझाती है, यह शरीर नश्वर है इसका नाश होना ही है। जो भी इस दुनिया में आया है, उसे जाना ही है। कोई आज जाएगा, कोई कल जाएगा। रूप सिंह का समय पूरा हो गया था। नहीं तो देखो उसने दारु आखिर छोड़ ही दी थी। जब ईश्वर का बुलावा आ जाए

तो उसे कोई रोक नहीं सकता।

कई महिलाएं अपने ओढ़नी साड़ी के पल्लू से आंसू पोंछते हुए आपस में ही खुसुर फुसुर कर रही थी। आखिर शराब भी कब छोड़ा जब शराब ने पूरे शरीर को ही निगल लिया।

"हां थोड़ा सा भी अगर अपने बीवी बच्चों के बारे में ख्याल होता तो आज ऐसी नौबत नहीं आती।"

"भाई दीपा तो बहुत समझाती थी रूप सिंह को पर रूप सिंह कभी उसकी सुनता नहीं था उल्टा उसे ही पीटने लगता था"

"क्या करें मर्द की जात ने कभी किसी की सुनी है।"

लाश श्मशान घाट पर पहुंच गई थी। विधि विधान के अनुसार बड़े भाई के बेटी तन्नू ने लाश को अग्नि दे दी।

लाश धू-धू कर जल रही थी। आग की लपटें से लकड़ी की छाई इधर उधर उड़ रही थीं। जलते वक़्त आग की लेप्टो को देख लोग दुख जता रहे थे। "एक रूप सिंह ही था जो मुश्किल घड़ी में मदद किया करता था।"

"हां भाई साहब मेरी तो बेटी के ब्याह में भी रूप सिंह ने पैसे से मदद की, मैं देने में लंबे समय तक असमर्थ रहा, रूप सिंह ने खुद ही मुझे कह दिया, चिंता मत करो समझो मैंने लड़की के कन्या दान में दे दिया।"

"मुझे भी जमीन की रजिस्ट्री करानी थी। उस वक़्त रूप सिंह ने ही मुझे दो लाख की मदद की थी। पैसे वापस करने में मुझे वक़्त लगा मगर रूप ने कभी टोका नहीं था।"

कंपनी के कई मजदूर, किरायेदार को भी इस बात का दुख था। बुरे वक़्त में रूप सिंह ही तो साथ देता था।

रूप सिंह की लाश को जलाने में दुबारा लकड़ी नहीं लगानी पड़ी। और एक इंसान छाई में तब्दील हो गया। रूप सिंह का छोटा भाई रामपाल सिंह तो यही कह रहा था, रूप सिंह का शरीर कितना हल्का, खोखला हो चुका था। कितनी जल्दी थोड़े से लकड़ियों में चिता जल गई।

रीति रिवाज के अनुसार पति की मृत्यु के बाद पत्नी को फर्श में सात दिन तक बैठकर शोक मनाना पड़ता है। सो कलावती और दीपा ने कड़ाके की ठंड में एक कमरे के फर्श में बैठकर साथ दिन तक शोक मनाया।

इस दौरान भी दोनों ने एक दूसरे से कभी बात नहीं की। पार्टी में वह दोनों पहली बार सिंगार की थी वह क्या जानती थी वह आखिरी हो जाएगा। कितना तो बदल गया था रूप सिंह। जैसे नया जीवन की शुरुआत हुई थी। यह जीवन इतनी जल्दी खत्म हो जाएगा पता नहीं था।

आप कॉलोनी में जितनी मुंह उतनी बातें थी।

कुछ कहते हैं कि अब कलावती और दीपा एक साथ रहने लगेगी क्योंकि जिसके लिए दोनों लड़ती थी अब तो वह दुनिया से चला गया है। कुछ लोग कहते हैं कि कलावती दीपा को रहने नहीं देगी उसे भगा देगी। कुछ लोग कहते हैं कि रूप सिंह को जितने पैसे मिले थे नॉमिनी में कलावती का नाम था कलावती पैसे ले लेगी और उसमें से एक भी रुपया दीपा को नहीं देगी यहां तक कि पेंशन भी अब कलावती को ही मिलेगी। कुछ लोग कहते हैं कि कलावती दीपा के साथ ऐसा कभी भी नहीं करेगी वह इतनी निष्ठुर नहीं बनेगी वह उसे अपने साथ रखेगी। भाई क्या करता रूप सिंह? प्यार तो वह दीपा से भी करता था। मगर मजबूर था ऑफिसिली या कानूनी तौर पर वो दीपा का नाम कहीं दे नहीं सकता था। कुछ लोग कहते हैं कि रूप सिंह का भाई ज्ञान सिंह ऐसा होने नहीं देगा उसने तो दाह संस्कार के बाद ही कह दिया था कि कलावती और दीपा दोनों में बराबर का हिस्सा बटेगा।

आखिर में कुछ कॉलोनी कि महिलाएं को यह भी कह रही थी, हम सब कलावती को समझाएंगे देख इस बेचारी की क्या गलती है? जिसने गलती की है वह तो इस दुनिया से चला गया। अब तुम दोनों को अलग रहने कि जरूरत नहीं। एक साथ रहो एक रसोई में खाना बनाओ। दोनों बच्चियों का भविष्य बनाओ। इसी में रूप सिंह की आत्मा को शांति मिलेगी।

दीपा अपने ऊपर घर में चुपचाप रहने लगी। कलावती नीचे। दोनों बेटियां खामोश पापा को याद करती। पापा के साथ कई बाते याद आती। वह 26 जनवरी

और 15 अगस्त को प्लांट में प्रोग्राम में ले जाते। दोनों कविता पढ़ कर आती। प्लांट से खूब सारे गिफ्ट और मिठाइयां मिलती। जन्म दिन के दिन पापा उनके मन पसंद के केक का ऑर्डर देते। सबसे पहले वह केक काट कर पापा के मुंह में डालते थे। घर पूरी खामोशी के गिरफ्त में आ चुका था। जैसे शमशान घाट हो।

मगर इस खामोशी को एक दिन तन्नू ने तोड़ा, उसने अपनी बड़ी मां कलावती से कहा, "मां पापा अब इस दुनिया में नहीं रहे। छोटी मां और कन्नू ऊपर अकेली है। नीचे हम दोनों नीचे खामोश बैठे है। इस तरह हम सब का जीवन कैसे चल पाएगा। आखिर कब तक आप दोनों एक दूसरे से नहीं बोलेंगी।

कलावती ने गंभीर हो तन्नू को देखा। फिर मुस्कुराई और तन्नू को गले से लगा लिया। कलावती की आंखों में आंसू से भर गए। अवसाद का वह टुकड़ा जो वह इतने दिनों से ढोह रही थी वह नदारद था। आज वह अपने को सुरक्षित महसूस कर रही थी। अचानक सब्जी वाले ने आवाज दी, बहन जी सब्जी ले लीजिए। कलावती सब्जी लेने बाहर निकाल गई। कलावती ने जोर से दीपा को आवाज लगाई थी, दीपा आकर सब्जी ले लो।

दीपा को कुछ पल के लिए विश्वास नहीं हुआ कि कलावती ने उसे आवाज लगाई है। जैसे ऐसी किसी आवाज का वह कितने सालों से इंतजार कर रही थी। "हां दीदी आयी।"

ठेले से सिर्फ दीपा ने ही सब्जी ली थी। कलावती ने सब्जी नहीं ली। सब्जी लेते वक़्त सब्जी वाले ने कलावती से पूछा, दीदी आप सब्जी नहीं ले रही हैं।

"नहीं आज हम सब दीपा के यहां ही खाना खायेंगे।"

उस दिन सबने एक साथ एक ही टेबल में खाना खाया।

कलावती ने उस दिन दीपा से कहा, दीपा ऐसा ना समझना कि रूप के जाने के बाद तुम अकेली हो, अब लड़कियों का देखभाल कि जिम्मेदारी मेरी रहेगी। हम दोनों का एक ही फर्ज है। दोनों बेटियों का भविष्य बनाना।

दीपा को कुछ पल के लिए लगा कि वह स्वपन देख रही है। पर सच को आच नहीं।

दीपा ने उस रात अपनी दोनों बेटियों को कहा, भले ही मैं तुम दोनों की सगी मां हूं। बड़ी मां भी तुम दोनों की यशोदा मैया जैसी है। उसका दर्जा मुझसे भी बड़ा हैं।

www.ingramcontent.com/pod-product-compliance
Lightning Source LLC
LaVergne TN
LVHW090428051026
849518LV00006B/2471
9788194652687